JN217785

こころに響く
方《ほう》丈《じょう》記《き》
鴨長明さんの弾き語り

木村耕一

イラスト 黒澤葵

1万年堂出版

川の流れのように、
幸せも、悲しみも、
時とともに過ぎていきます。
（方丈記）

ああ、私たちは、
何のために頑張っているのでしょうか。
誰のために苦労してきたのでしょうか。
（方丈記）

自然に囲まれて生活するのは、
いいものですよ。
（方丈記）

大地震が起きた直後は、
人々は皆、
「この世は、無常だな」と
言っていました。
しかし、月日がたつにつれて、
地震があったことさえ、
言葉に出して言う人が
いなくなりました。
（方丈記）

いったい、
どこに住んだら、
ほんのしばらくでも、
心を休ませることが
できるのでしょうか。
（方丈記）

この世で、
幸せになれるか、どうかは、
ただ「心」一つで決まります。
（方丈記）

はじめに

ゆく河の流れは絶えずして、しかも、もとの水にあらず

（方丈記）

美しくて、気持ちいい文章ですね。『方丈記《ほうじょうき》』の書き出しです。

この二行には、深い意味があります。

しかも、この意味が分かると、どんな挫折《ざせつ》、災難、苦しみにぶつかっても、乗《の》り越《こ》えていける力がわいてくるのです。

『方丈記《ほうじょうき》』を貫《つらぬ》く、リズム感あふれる名文は、どこから生まれたのか？

作者の鴨長明《かものちょうめい》は、一流のミュージシャンでした。

和歌の名人でもありました。

おそらく、シンガーソングライターのように、琵琶《びわ》を奏《かな》でながら、歌うように書いていったのではないでしょうか。


長明《ちょうめい》は、京都《きょうと》を襲《おそ》った火災、竜巻《たつまき》、地震《じしん》などの災害を取材し、まるで新聞記者のように、被害状況《ひがいじょうきょう》をリアルに記載《きさい》しました。ここから『方丈記《ほうじょうき》』は、日本初の災害文学ともいわれています。

しかし、長明《ちょうめい》の目的は、災害の記録ではありませんでした。

まず、私たちが、どんな所に住んでいるのかを、明らかにしようとしたのです。

それは、ある日、突然《とつぜん》、予想もしなかった災難や災害に襲《おそ》われる所です。

また、大切な人の死、人間関係の破綻《はたん》、裏切り、絶望など、いつ、どんな

不幸に遭《あ》うかしれない所です。
そんな不安に満ちた世界に住んでいることを、ごまかさず、真っ正面から見つめて、「人間とは」「幸せとは」「生きる意味とは」と、私たちに問いかけているのです。
この問いに、関係ない人はありません。誰《だれ》もが一度は悩《なや》むテーマを、名文で、ズバリ示しています。だからこそ、いつまでも古くならず、多くの人を引きつけているのです。
江戸時代《えどじだい》の芭蕉《ばしょう》も『方丈記《ほうじょうき》』を愛読していました。『奥《おく》の細道《ほそみち》』の旅を終え、滋賀県の大津《おおつ》に滞在《たいざい》している時に、鴨長明《かものちょうめい》が住んでいた庵《いおり》の跡《あと》を訪ねてみたいという衝動《しょうどう》にかられます。

明治の文豪《ぶんごう》・夏目漱石《なつめそうせき》は、『方丈記《ほうじょうき》』が投げかけるテーマに、自己の人生を重ね合わせ、「とかくに人の世は住みにくい」と、小説『草枕《くさまくら》』に書いています。

昭和の詩人・佐藤春夫《さとうはるお》は、『方丈記《ほうじょうき》』を読んで圧倒《あっとう》され、いかに生《い》くべきか、を力説した珍《めずら》しい古典だと感動を語っています。日本初の自己啓発書《じこけいはつしょ》、人生論だといえるでしょう。

アニメの巨匠《きょしょう》・宮崎駿《みやざきはやお》も、自分の作品の世界観に、『方丈記《ほうじょうき》』が大きな影響《えいきょう》を与《あた》えていると語っています。

こんな素晴《すば》らしい古典なのに、なぜか、『方丈記《ほうじょうき》』は、「地味だ」「暗い」という印象が強いようです。そういうイメージが先行して、『方丈記《ほうじょうき》』を読まないとしたら、日本人として、とても、もったいないことです。

よし、それならば、堅苦《かたくる》しくないように、分かりやすく意訳しようと挑戦《ちょうせん》しました。鴨長明《かものちょうめい》が目の前にいたら、私たちに、こう語りかけるだろう、というスタンスで、かみ砕《くだ》いて、皆《みな》さんにお届けします。

鴨長明《かものちょうめい》の名文を、直接、味わいたい方は、巻末をごらんください。原文を全て掲載《けいさい》しました。

平成三十年三月

木村　耕一

こころに響く方丈記

もくじ

『方丈記』を読む前に
「絶望的な災害や不幸に遭っても、
どうか、命を大切にしてください」
鴨長明からのメッセージ

第1章　川の流れのように

1　川の流れのように、幸せも、悲しみも、時とともに過ぎていきます　26

2　私たちは願いどおりに、幸せになれるでしょうか　28

3　ああ、人間は、どこから来て、どこへ去っていくのでしょうか　32

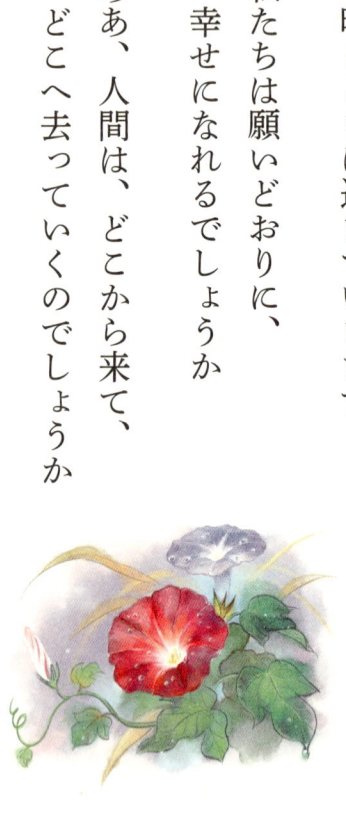

もくじ

第2章　ある日、突然

4 火災が発生すると、家も財産も、灰になってしまう 38
5 竜巻に襲われると、全て破壊され、空中へ飛ばされる 44
6 政治家、権力者の横暴が、社会を大混乱に 49
7 二年続けて大飢饉に。宝物より、米が高くなる 55
8 恐ろしい中でも、最も恐ろしいのは地震である 61

第3章　とかく、人の世は、住みにくい

9　いったい、どこに住んだら、ほんのしばらくでも、心が休まるのでしょうか　68

第4章　自然の中で、悠々と暮らす

10　「なんて私は、不運なのだろう……」五十歳で出家を決意　78

もくじ

11 理想的な住まい、移動式の「方丈庵」を造る 82
12 都の南東、日野山へ。阿弥陀如来に、一心に向かう生活 85
13 ホトトギスやセミの鳴き声にも、世の無常を知らされる 88
14 一人で演奏し、一人で歌い、我が心を慰め、楽しむ日々 91
15 山の中での生活は、四季折々の楽しさがある 95

第5章　形ではなく心を見つめる

16 ヤドカリの教訓
危険なことを、危険と知って対処する　102

17 貧しく、粗末な生活でも、心は満たされている　106

18 幸せになれるか、どうかは、
「心」一つで決まる　110

19 魚が水の中にすむ心は、魚でないと分からない　112

20 一生を謙虚に反省し、前向きに進んでいく　115

もくじ

❖京都へ行こう！　方丈庵を訪ねて　119

現地ルポ

大きな石の上に、方丈庵があったって、本当ですか？

❖ラストは、長明さんの弾き語り　137

鴨長明さんにインタビュー

◆長明さんは、日本の、レオナルド・ダ・ヴィンチみたいですね

◆「方丈庵は、日本の美の極致」ドイツの建築家が絶賛

◆「震災の記憶が風化しないように……」とは、何を、どのように心がけることなのか

◆無常を知らされると、本当の幸せを、前向きに探し始める

❖『方丈記』原文　157

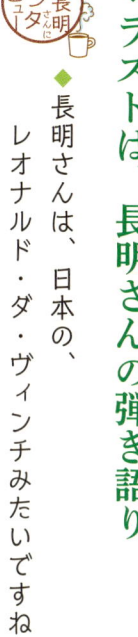

『方丈記』を読む前に

「絶望的な災害や不幸に遭っても、どうか、命を大切にしてください」

鴨長明からのメッセージ

これまでの人生を振《ふ》り返《かえ》ったら、どんな風景が見えますか。楽しいこと、悲しいこと、さまざまな思いが込《こ》み上《あ》げてくると思います。

鴨長明《かものちょうめい》が、五十八歳の時に、挫折《ざせつ》と絶望の連続だった一生を振《ふ》り返《かえ》って書いたのが『方丈《ほうじょう》記《き》』なのです。

彼は、京都《きょうと》の下鴨神社《しもがもじんじゃ》の神官の家に生まれました。父は最高の地位でしたから、その御曹司《おんぞうし》として育てられます。わずか七歳で、朝廷《ちょうてい》から「従五位下《じゅごいげ》」の位階を授《さず》けられたほどです。成長したら、父の跡《あと》を受《う》け継《つ》ぐことも夢みていたでしょう。

ところが長明《ちょうめい》が十八歳の時に、父が急死するのです。長明《ちょうめい》は、後追い自殺を考えるほど、大きなショックを受けました。しかも、親族の間で、ゴタゴタがあり、長明《ちょうめい》の前から、将来の地位も、財産もなくなってしまうのです。頼《たよ》りにしていた父が亡《な》くなり、親族にも裏切られ、この世の儚《はかな》さを知らされるばかりでした。
しかし無常《むじょう》は、人の命、人の心だけではありません。長明《ちょうめい》が暮らしていた京都《きょうと》が、「まさか！」の大災害に、次々に襲《おそ》われるのです。詳《くわ》しくは、本編に記しますが、長明《ちょうめい》の年齢《ねんれい》に当てはめると、次の順になります。

二十三歳……大火災
二十六歳……竜巻《たつまき》
二十六歳……遷都《せんと》
二十七歳……大飢饉《だいききん》
三十一歳……大地震《だいじしん》

いずれも、建物が崩壊《ほうかい》し、燃《も》え尽《つ》き、大地が割れ、伝染病《でんせんびょう》が蔓延《まんえん》するなど、「この世の地獄《じごく》」が現れたのです。

こんな激しい無常《むじょう》と絶望を、長明《ちょうめい》は、わずかな期間に体験したのです。彼は、音楽と和歌に没頭《ぼっとう》して、現実から逃避《とうひ》していきます。

長明《ちょうめい》は、有名な琵琶《びわ》の師匠《ししょう》に入門し、一流の腕前《うでまえ》を身につけました。師匠《ししょう》が自分の後継者《こうけいしゃ》にと期待していたほどです。しかし師匠《ししょう》は、長明《ちょうめい》に「秘曲」を伝授する前に亡《な》くなってしまうのです。

長明《ちょうめい》は、和歌の勉強にも励《はげ》んでいきます。努力が実を結び、長明《ちょうめい》が詠《よ》

んだ歌が一首、勅撰和歌集《ちょくせんわかしゅう》に採用されました。大喜びしたのは当然です。あまりにも浮《う》かれ、自慢《じまん》する長明《ちょうめい》の姿を見て、和歌の師匠《ししょう》が、「少しぐらい上達したと思って、うぬぼれてはいけないよ」と諭《さと》したほどです。

真っ暗だった人生に、ようやく明かりがさし始めたのです。ますます、歌人としての修練に情熱を傾《かたむ》けていきました。

長明《ちょうめい》が四十七歳の時に、思いがけないことが起きます。国家プロジェクトである『新古今和歌集《しんこきんわかしゅう》』の編纂《へんさん》メンバーに任命されたのです。時の最高権力者・後鳥羽上皇《ごとばじょうこう》が、大抜擢《だいばってき》したのでした。

後鳥羽上皇《ごとばじょうこう》は、全力で任務にあたる長明《ちょうめい》の姿に感心し、恩賞を与《あた》えることにしました。それは、長明《ちょうめい》の父が、かつて務めたことのある神官のポストだったのです。

「父が歩んだ道を行ける！」長明《ちょうめい》にとって、これほどの喜びはありません。感激の涙《なみだ》があふれたといいます。

しかし、よりによって、長明《ちょうめい》の親族から猛反対《もうはんたい》が起き、中止になってしまいました。絶望した長明《ちょうめい》は、神職《しんしょく》への復帰をあきらめ、失踪《しっそう》してしまうのです。五十歳の挫折《ざせつ》でした。

長明《ちょうめい》は、京都《きょうと》の、どこをさまよっていたのか、明らかではありません。

ただ、法然上人《ほうねんしょうにん》にお会いし、浄土仏教《じょうどぶっきょう》「阿弥陀仏《あみだぶつ》の本願《ほんがん》」の教えをお聞きして、生まれ変わったのです。

絶望し、悲しんでいる時に、「大変ですね」と慰《なぐさ》められても、心に負担が増すばかりです。「頑張《がんば》ってください」と励《はげ》まされると、よけいに苦しくなります。

むしろ、ありのままの状態を、真っすぐに見つめることによって、心が救われることがあります。

仏教では、「諸行無常《しょぎょうむじょう》」と教えられます。

全てのものは、移り変わっていくのです。

いつまでも続くものは一つもないのです。

淡《あわ》い期待をかけるから、裏切られて、苦しむのです。

それは長明《ちょうめい》が、『方丈記《ほうじょうき》』を書くまでの人生で、見てきたとおりです。

歴然としています。

そんな世の中にあって、どこに明かりがあるのか、何が本当の幸せなのかを教えるのが、仏教なのです。

長明《ちょうめい》は、私たちに、こう言いたかったに違《ちが》いありません。

「あの時、死ななくてよかった!! 私は、災害や不幸に遭《あ》って何度も絶望しました。でも、今、仏教の教えを聞いて、生まれ変わったのです。皆《みな》さんも、どんなに苦しくても、命を大切にしてください」

『方丈記《ほうじょうき》』は、仏教の「教え」を踏《ふ》まえて読んでこそ、長明《ちょうめい》の心を、深く受け止めることができるのです。

意訳で楽しむ
方丈記

第1章
川の流れのように

1

川の流れのように、幸せも、悲しみも、時とともに過ぎていきます

さらさらと流れゆく川の水は、絶えることがありません。しかも、よく見てください。新しい水と、常に入《い》れ替《か》わっています。勢いよく変化しています。

流れが止まっている水面には、ぶくぶくと泡《あわ》が浮《う》かんできます。しかも、大きな泡《あわ》も、小さな泡《あわ》も、生まれたかと思うと、すぐに消えていきます。い

つまでも、ふくらんでいる泡《あわ》なんて、見たことがありません。

まさに、人の一生も、同じではないでしょうか。川の流れのように、幸せも、悲しみも、時とともに過ぎていきます。

水面の泡《あわ》のように、大切な家も、財産も、人の命も、儚《はかな》く消えていくのです。

原文

ゆく河《かわ》の流《なが》れは絶《た》えずして、しかも、もとの水《みず》にあらず。よどみに浮《う》かぶうたかたは、かつ消《き》え、かつ結《むす》びて久《ひさ》しくとどまりたるためしなし。世《よ》の中《なか》にある人《ひと》と栖《すみか》と、またかくのごとし。

2 私たちは願いどおりに、幸せになれるでしょうか

宝石を敷《し》き詰《つ》めたような美しい所、それが京の都です。

ここが、都に定められてから四百年、人々は、競い合うように、りっぱな住まいを築いてきました。

「こんなに苦労して建てた家だから、子や孫の代まで、末永く残ってほしい」

と、皆《みな》、願っています。

果たして、その願いは、かなうでしょうか。実際に調べてみると、私の若い頃《ころ》に栄えていた家は、ほとんど残っていません。

「昨年、火災に遭《あ》ったので、建《た》て替《か》えたばかりです」

「今は、こんな粗末《そまつ》な家ですが、元は豪邸《ごうてい》だったのですよ」

と言う人ばかりでした。

昔、顔見知りだった人を訪ねてみると、あの人も、この人も、亡《な》くなっていて、ほんのわずかしか生き残っていません。

都には、大勢の人が住んでいますが、朝、誰《だれ》かが死んだと思ったら、夕方には、誰《だれ》かが生まれています。

まるで、浮《う》かんでは消えていく水の泡《あわ》のように、人は生まれ、短い一生を送り、やがて跡形《あとかた》もなく消えていくのです。

原文

たましきの都《みやこ》のうちに棟《むね》を並《なら》べ、甍《いらか》を争《あらそ》える高《たか》き賤《いや》しき人《ひと》の住《す》まいは、世《よ》々《よ》を経《へ》て尽《つ》きせぬものなれど、これをまことかと尋《たず》ぬれば、昔《むかし》ありし家《いえ》はまれなり。或《あるい》は去年《こぞ》焼《や》けて今年《ことし》造《つく》れり。或《あるい》は大家《おおいえ》ほろびて小家《こいえ》となる。住《す》む人《ひと》もこれに同《おな》じ。所《ところ》も変《か》わらず人《ひと》も多《おお》かれどいにしえ見《み》し人《ひと》は、二《に》、三十人《さんじゅうにん》が中《うち》にわずかに一人二人《ひとりふたり》なり。朝《あした》に死《し》に、夕《ゆうべ》に生《う》まるるならい、水《みず》の泡《あわ》にぞ似《に》たりける。

3 ああ、人間は、どこから来て、どこへ去っていくのでしょうか

ああ、人間は、どこから来て、どこへ去っていくのでしょうか。

ああ、私たちは、何のために頑張《がんば》っているのでしょうか。誰《だれ》のために苦労してきたのでしょうか。

私の命と、私の財産の関係を、見つめたことがありますか。

例えで示しましょう。

美しく咲《さ》いた朝顔を思《おも》い浮《う》かべてください。

ほら、赤い花びらの上に、白い露《つゆ》が光っています。

この花と露《つゆ》、どちらが長もちするでしょうか。

露《つゆ》が先に落ちて、花が残ることがあります。残るといっても、朝日が昇《のぼ》ると花も枯《か》れてしまいます。

花が先にしぼんで、露《つゆ》が消えないことがあります。消えないといっても、夕方までもつことはありません。

このように、儚《はかな》く消えていくことを、仏教では「無常《むじょう》」といいます。

悲しいことですが、私の命と、私の財産は、どちらが先に消えるか、無常《むじょう》を争っているのです。

原文

知《し》らず、生《う》まれ死《し》ぬる人《ひと》、いずかたより来《きた》りていずかたへか去《さ》る。また知《し》らず、仮《かり》の宿《やど》り、誰《た》がためにか心《こころ》をなやまし、何《なに》によりてか目《め》をよろこばしむる。その主《あるじ》と栖《すみか》と無常《むじょう》を争《あらそ》うさま、いわば朝顔《あさがお》の露《つゆ》に異《こと》ならず。或《あるい》は露落《つゆお》ちて、花残《はなのこ》れり。残《のこ》るといえども、朝日《あさひ》に枯《か》れぬ。或《あるい》は花《はな》しぼみて、露《つゆ》なお消《き》えず、消《き》えずといえども夕《ゆうべ》を待《ま》つ事《こと》なし。

第2章 ある日、突然

4

火災が発生すると、家も財産も、灰になってしまう

私が生きてきた六十年あまりの間に、「まさか!」と叫《さけ》びたくなるような、想定外の災害に、何度も遭《あ》いました。それは、ある日、突然《とつぜん》、襲《おそ》ってきたものばかりです。

あれは、安元《あんげん》三年（一一七七）四月二十八日のことだったでしょうか。風

が激しく吹《ふ》いて、ガタガタ物音が鳴りやまず、落ち着かない夜でした。折悪く、都の東南で発生した火災が、強風にあおられて、西北へ向かって、どんどん広がっていったのです。

民家だけではなく、しまいには、帝《みかど》が住む大内裏《だいだいり》まで炎《ほのお》に包まれ、朱雀門《すざくもん》、大《だい》極殿《ごくでん》、大学寮《だいがくりょう》……と、次々に焼けていきました。国家の威信《いしん》をかけて造った巨大《きょだい》な建物も、たった一夜で、灰になってしまったのです。

火元は、旅人を泊《と》める、粗末《そまつ》な仮屋だったようです。小さな火の不始末が、吹《ふ》き荒《あ》れる風によって、ほうぼうへ飛び火したのでした。空から見ると、まるで、火元から扇子《せんす》を広げたように、末広がりに拡大していったのが分かります。

火のつかない家は、まるで、もうもうたる煙《けむり》にむせび、苦しんでいるようです。

燃《も》え盛《さか》っている家は、まるで、口から吐《は》き出《だ》すように、炎《ほのお》を勢いよく、地面にたたきつけています。

夜空は一面、真《ま》っ赤《か》に輝《かがや》いています。空に舞《ま》い上《あ》がった灰が、炎《ほのお》の光を反射しているからでしょう。

恐《おそ》ろしく勢いを増した炎《ほのお》は、風で吹《ふ》きちぎられ、空を数百メートルも飛んで、別の家を次々に燃やしていくではありませんか。

こんな炎《ほのお》に襲《おそ》われては、誰《だれ》も、生きた心地《ここち》がしません。

ある人は、煙《けむり》で息を詰《つ》まらせ、倒《たお》れていきました。

ある人は、炎《ほのお》で気を失い、焼け死んでいきました。

命からがら逃《に》げ出《だ》した人でも、家の中から財宝を運び出す余裕《よゆう》など、全くありません。生涯《しょうがい》かけて蓄《たくわ》えた宝が、全て灰になってしまったのです。

この大火災で、都の三分の一が焼失したといわれます。その損害は、いったい、どれくらいになるのか、想像もできないほどです。

人間が、いくら一生懸命《いっしょうけんめい》に頑張《がんば》っても、報《むく》われないことが多いのが、この世の中です。まるで、水面に浮《う》かんだ泡《あわ》が、ぱっと消えてしまってから、「儚《はかな》いなあ」「愚《おろ》かだったなあ」と知らされるものばかりではないでしょうか。

人が多く集まる所は、当然ながら、火災の危険が高まります。そんな危《あや》うい場所に、家を建てようとして、生涯《しょうがい》かけてためたお金を投入し、苦労に苦労を重ね、神経をすり減らしています。それは愚《おろ》かな行為《こうい》の中でも、最も愚《おろ》かなことではないでしょうか。

かいせつ

鴨長明《かものちょうめい》は、八百年前の京都《きょうと》を襲《おそ》った五大災害を、大火、辻風《つじかぜ》（竜巻《たつまき》）、遷都《せんと》、飢饉《ききん》、大地震《だいじしん》の順に描写《びょうしゃ》していきます。まるで、ルポライターのように現場を取材し、美しい文章で書き上げた『方丈記《ほうじょうき》』は、日本初の災害文学としても、高く評価されています。

5

竜巻に襲われると、全て破壊され、空中へ飛ばされる

また、大火から三年後には、巨大《きょだい》な竜巻《たつまき》が、京の都を襲《おそ》ったのです。猛烈《もうれつ》な旋風《せんぷう》を伴《ともな》った竜巻《たつまき》は、北から南へ、約二キロにわたって吹《ふ》き抜《ぬ》けました。進路上の建物は、大きかろうが、小さかろうが、一つとして破壊《はかい》されないものはありませんでした。

形を残したまま、ペシャンコにつぶれた家。

屋根と壁《かべ》が吹《ふ》き飛《と》ばされ、柱だけになった家。

大事な門を、遠くへ持っていかれた家。

隣《となり》との境界に頑丈《がんじょう》な土塀《どべい》を築いていたのに、跡形《あとかた》もなく粉砕《ふんさい》された家もありました。

まして、家の中にあった財宝は、一つ残らず大空へ運ばれ、帰ってきません。

板切れが、枯《か》れ葉《は》が舞《ま》うように乱れ飛んでいます。

チリが、煙《けむり》のように高く吹《ふ》き上《あ》げられ、

目も開けておれません。

激しい風と同時に、ものすごい雷鳴《らいめい》がとどろくので、人の声も聞こえません。

大焦熱地獄《だいしょうねつじごく》には恐《おそ》ろしい業風《ごうふう》が吹《ふ》き荒《あ》れていると、源信僧都《げんしんそうず》の『往生要集《おうじょうようしゅう》』に記されていますが、まさに、地獄《じごく》の風が、この世に吹《ふ》いたとしか思えませんでした。

竜巻《たつまき》の被害《ひがい》は、家屋の倒壊《とうかい》だけではありません。壊《こわ》れた家を修理する時に、けがをして、身体に障害を負った人が、どれだけあるか分からないほどです。

このように、竜巻《たつまき》は、多くの人を悲嘆《ひたん》のどん底に落としながら、南南西の方向へ去っていったのでした。

天災は、避《さ》けられません。いつ襲《おそ》ってくるか、予測もできません。しかし、この竜巻《たつまき》の被害《ひがい》は、あまりにも大きすぎます。

これは、ただごとではありません。裏切られても、裏切られても、また同じことを繰《く》り返《かえ》して泣いている私たちに、「それでいいのか」「何のために生きているのか」と、問いかけているようにしか思えないのです。

かいせつ

この頃《ころ》は、平清盛《たいらのきよもり》が政権を握《にぎ》っていました。平家全盛《ぜんせい》の時代です。ところが、竜巻《たつまき》が京都《きょうと》を襲《おそ》った二週間後に、平家打倒《だとう》を呼びかける最初の武力闘争《ぶりょくとうそう》「以仁王《もちひとおう》の乱《らん》」が勃発《ぼっぱつ》します。以仁王《もちひとおう》と源頼政《みなもとのよりまさ》は、宇治《うじ》の平等院《びょうどういん》に立てこもり、平家の軍勢と激戦を交《か》わしますが、敗れて討《う》ち死《じ》に。しかし、この事件を契機《けいき》に、反平家の動きは全国へ広がっていきます。衝撃《しょうげき》を受けた平清盛《たいらのきよもり》は、突然《とつぜん》、都を京都《きょうと》から福原《ふくはら》へ移すと宣言するのです。まさに、源平の戦いが始まる激動の時代に、鴨長明《かものちょうめい》は生きていたのです。

6

政治家、権力者の横暴が、社会を大混乱に

また、竜巻《たつまき》の被害《ひがい》から一カ月後に、突然《とつぜん》、遷都《せんと》があったのです。日本の都が、京都《きょうと》から福原《ふくはら》（現在の神戸市《こうべし》）へ変更《へんこう》になったのです。全く思いがけないことでした。

京都《きょうと》が、国の都と定まってから、すでに四百年。それを、当時の政権を握《にぎ》っていた平清盛《たいらのきよもり》が、特別な理由もなく、遷都《せんと》を断行したのでした。人々は、

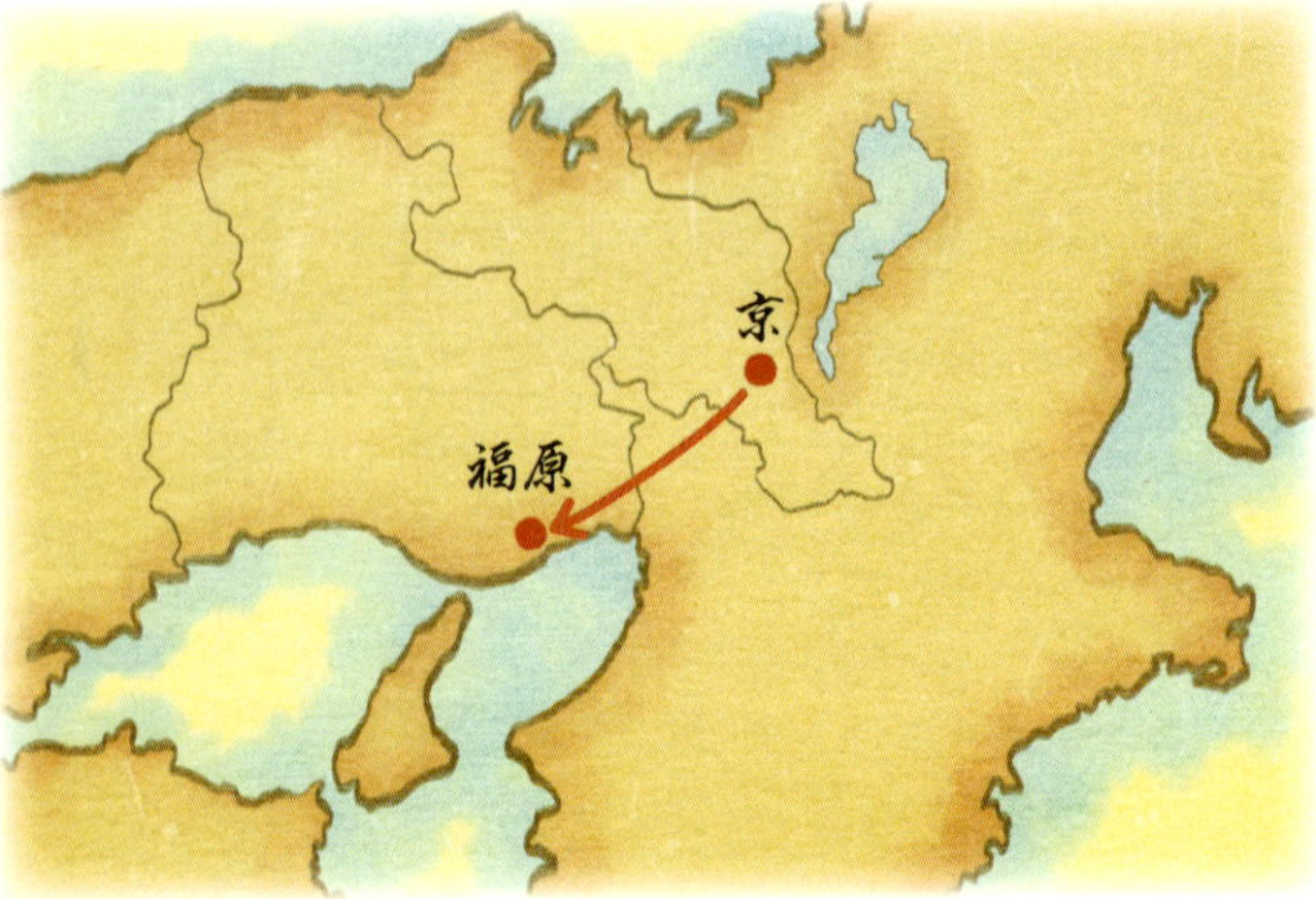

皆《みな》、不安に思い、混乱したのは、当然のことです。

しかし、文句を言ってもしかたないので、帝《みかど》をはじめ、大臣、公卿《くぎょう》、皆《みな》ことごとく新しい都へ移りました。仮にも朝廷《ちょうてい》に仕えている者なら、一人として、京都《きょうと》に残ろうとはしませんでした。地位を得て、昇進《しょうしん》を願っている者ほど、一日も早く移ろうと懸命《けんめい》になっています。

出世する機会を逃《のが》し、世の中から取り残されている人たちは、ますます悲しみ、嘆《なげ》きながら、京都《きょうと》にとどまりました。

豪華《ごうか》な建築を競い合っていた京都《きょうと》は、日がたつにつれ、荒《あ》れていきました。新しい都へ移る人は、家を解体し、その材木を筏《いかだ》にして川へ流し、次々に福原《ふくはら》へ運んでいったからです。京都《きょうと》にあった屋敷《やしき》の跡地《あとち》は、みるみるうちに畑になっていきました。

つい昨日《きのう》まで、「花の都」「宝石を敷《し》き詰《つ》めたような都」といわれていた京都《きょうと》が、突然《とつぜん》、没落《ぼつらく》していったのです。

その頃《ころ》、私は、ついでがあったので、新しい都の様子を見てきました。

福原《ふくはら》は、北は山に接し、南は海が近く、狭《せま》い土地です。あちこちで、工事が行われていますが、建てられた家は、少ししかありません。京都《きょうと》から運んできた材木は、どこへ行ったのでしょうか。

古《いにしえ》の都は、すでに荒《あ》れはててしまい、新しい都は、まだ完成していません。しかも、ここにいる誰《だれ》もが、空に浮《う》いている雲のような、不安な心を抱《かか》えています。

元から福原《ふくはら》に住んでいた人たちは、自分の土地を取り上げられて、悲しんでいます。

京都《きょうと》から移住してきた人々は、土木工事の苦労が絶えないことを嘆《なげ》いています。

日がたつにつれ、遷都《せんと》への不満が高まり、世の中の動揺《どうよう》を抑《おさ》え切《き》れなくなっていきました。ついに半年後、都を京都《きょうと》に戻《もど》すことが宣言され、再び、大移動が始まったのです。

しかしながら、家を、ことごとく壊《こわ》してしまった京都《きょうと》が、簡単に元通りになるはずがありません。

古《いにしえ》の、慈愛《じあい》あふれる天子は、民の家から、食事の炊煙《すいえん》が上がっていないのを見ると、自らも倹約《けんやく》し、税を免除《めんじょ》したと聞いています。

それに比べて、今の世の為政者《いせいしゃ》は、どうなっているのか、その違《ちが》いが、ハッキリ分かるではありませんか。

かいせつ

大火、竜巻《たつまき》は天災ですが、福原《ふくはら》への遷都《せんと》は人災です。

これまでの歴史上、政治の混乱や権力者の横暴によって、戦争、虐殺《ぎゃくさつ》、破壊《はかい》など、どれだけの人災が、人々を苦しめてきたか分かりません。

7

二年続けて大飢饉に。宝物より、米が高くなる

また、遷都《せんと》の翌年の頃《ころ》だったと思います。

ずっと前のことなので、確実に覚えているわけではありませんが、二年もの間、飢饉《ききん》が続き、想像もできないほど、ひどいことがありました。

春、夏と日照りが続き、秋には台風や洪水《こうずい》に襲《おそ》われ、稲《いね》や麦などの農作物が、ほとんど実らなかったのです。

朝廷《ちょうてい》でも事態を重視して、さまざまな祈祷《きとう》を行いましたが、全く効果がありません。

京都《きょうと》には大勢の人が住んでいます。その生活は、ほとんど、地方から供給される食糧《しょくりょう》や物資によって成り立っていました。ところが、この飢饉《ききん》で、食糧《しょくりょう》が都へ入ってこなくなったのです。

そうなると、どんなりっぱな家を構えている人でも、体裁《ていさい》を取《と》り繕《つくろ》ってはおれなくなりました。皆《みな》、家の中の財宝を、捨てるように売《う》り払《はら》い、食べ物と交換《こうかん》し

始《はじ》めたのです。
しかし、そんな宝物を欲《ほ》しがる者は、一人もいません。たまたま物々交換《ぶつぶつこうかん》に応じる者があっても、財宝を格段に安くし、米や粟《あわ》を宝石以上に高く扱《あつか》うのです。
食べ物を求めてさまよう人が、道にあふれていきます。嘆《なげ》き、悲しむ声ばかりが、あちこちから聞こえてくるようになりました。
最初の年は、このような状態で暮れてしまいました。

次の年こそ、よくなるだろうと期待していましたが、飢饉《ききん》が続いただけでなく、伝染病《でんせんびょう》が蔓延《まんえん》し、ますます悲惨《ひさん》な状況《じょうきょう》になっていきました。

家々を物乞《ものご》いして回っている人も、疲《つか》れ果《は》てて、次々に倒《たお》れていきました。土塀《どべい》のそばや、道端《みちばた》で餓死《がし》している人は、数え切れないほどです。これらの死骸《しがい》を片付けることもできないので、嫌《いや》な臭《にお》いが、都の中に充満《じゅうまん》していきました。

また、とても痛々しい光景を目撃《もくげき》しま

した。

愛し合っている夫婦《ふうふ》は、より深く相手を愛している者が、先に死んでいきました。なぜかというと、ごくまれに食べ物が手に入ると、自分のことは後にして、まず、愛する人に譲《ゆず》って食べさせるからです。

だから、親子の場合は、必ず、親のほうが先に飢《う》え死《じ》にしていきました。母親の命が尽《つ》きたのを知らないで、幼い子どもが、乳房《ちぶさ》を吸いながら横たわっていることもありました。

ある人が、道端《みちばた》に捨てられている餓死者《がししゃ》の数を調べたところ、四月、五月の二カ月間で、都の一部だけでも四万二千三百人に達したといいます。まして、飢饉《ききん》が始まってから二年間の、都や地方の犠牲者《ぎせいしゃ》の数を全て加えると、ものすごい数になるでしょう。

このような大飢饉《だいききん》は、過去にもあったと聞きますが、私は、その被害状況《ひがいじょうきょう》を知りません。ただ、今度の大飢饉《だいききん》の悲惨《ひさん》さは、私が、現に、この目で見たのです。

ふだんは、「ありえない」と思うことが、いつ、現実に、起きるか分かりません。それが、私たちが生きている世界なのです。

かいせつ

福原《ふくはら》へ都が移った年に、伊豆《いず》で源頼朝《みなもとのよりとも》が「打倒《だとう》平家」を掲《かか》げて挙兵します。平家は追討軍を派遣《はけん》しますが、富士川《ふじがわ》の戦いで敗れてしまいます。「平家にあらずんば人にあらず」とまで豪語《ごうご》し、巨大《きょだい》な権力と富を握《にぎ》っていた平家一門の衰退《すいたい》が、日に日に明らかになっていくのです。

事態が緊迫《きんぱく》するさなか、平清盛《たいらのきよもり》は熱病にかかり亡《な》くなりました。「葬儀《そうぎ》は必要ない。急ぎ、頼朝《よりとも》の首をはね、我が墓前に供えよ」と遺言《ゆいごん》したと『平家物語《へいけものがたり》』に記されています。いかに無念の死であったかが分かります。清盛《きよもり》が死んだ年から、飢饉《ききん》が始まりました。

8

恐ろしい中でも、最も恐ろしいのは地震である

また、大飢饉《だいききん》から数年後に、ものすごい大地震《だいじしん》がありました。それは、これまでの地震《じしん》とは、全く違《ちが》っていたのです。山は崩《くず》れて川を埋《う》め、海は傾《かたむ》いて津波《つなみ》が発生したのです。大地は裂《さ》けて水が湧《わ》き出《だ》し、岩は割れて谷底に転げ落ちました。海岸近くを漕《こ》ぐ船は波に翻弄《ほんろう》され、道を行く馬は足元がふらついて走れませんでした。

京都《きょうと》の近郊《きんこう》では、あちらでも、こちらでも、寺院の全てが被害《ひがい》を受けました。あるものは崩《くず》れ、あるものは倒《たお》れてしまいました。

チリや灰が空へ立ち上って、もうもうとした煙《けむり》のようでした。

大地が揺《ゆ》れ、家が破壊《はかい》される音は、雷《らい》鳴《めい》と全く同じでした。

家の中にいると、たちまち押《お》しつぶされそうになります。外へ走って出ると、地面が割れ、裂《さ》けています。羽がないので、空を飛ぶこともできません。竜《りゅう》であ

ったなら、雲に乗ることもできるでしょうに……。

恐《おそ》ろしいものの中でも、最も恐《おそ》ろしいのは、全く、この地震《じしん》なのだと、はっきり知らされました。

このような、激しい大地の揺《ゆ》れは、しばらくして止まりましたが、その余震《よしん》は、当分、絶えることがなかったのです。

普段《ふだん》なら、びっくりするほどの地震《じしん》が、二、三十回も起きる日が続きました。そして、本震《ほんしん》から十日、二十日と過ぎていくと、だんだん間隔《かんかく》が空いてきて、一日に四、五回か、二、三回、もしくは一日おき、二、三日に一回というように減っていきました。それでも、三カ月ほど、余震《よしん》が続きました。

今から三百年ほど前にも大地震《だいじしん》があって、東大寺《とうだいじ》の大仏の首が落ちたそうです。それでも、今回の地震《じしん》のひどさには及《およ》ばないでしょう。

大地震《だいじしん》が起きた直後は、人々は皆《みな》、「どんな豪華《ごうか》な家も、地震《じしん》がきたら、ひとたまりもない」「この世は、無常《むじょう》だな」と言っていました。しかし、月日が経過するにつれて、地震《じしん》があったことさえ、言葉に出して言う人がいなくなってしまいました。

あれほど悲惨《ひさん》な目に遭《あ》いながら、人間は、すぐに忘れてしまい、何もなかったかのように、また同じことを繰《く》り返《かえ》しているのです。

原文

恐《おそ》れの中《なか》に恐《おそ》るべかりけるは、地震《ない》なりけりとこそ覚《おぼ》え侍《はべ》りしか。

かいせつ

鴨長明《かものちょうめい》が体験した元暦《げんりゃく》の大地震《だいじしん》の震源地《しんげんち》は京都盆地《きょうとぼんち》の北東部、マグニチュードは七・四と推定されています。

平成七年の阪神淡路大震災《はんしんあわじだいしんさい》はマグニチュード七・二でした。まさに、これと並ぶ巨大地震《きょだいじしん》であったことが分かります。

この地震《じしん》が起きる三カ月前に、平家一門は壇《だん》ノ浦《うら》で滅《ほろ》びました。平家に代わって、源頼朝《みなもとのよりとも》が鎌倉幕府《かまくらばくふ》を誕生させるという、まさに、世の中の価値観が劇的に変化していく時代だったのです。

第3章

とかく、人の世は、住みにくい

9

いったい、どこに住んだら、ほんのしばらくでも、心が休まるのでしょうか

とかく、この世は、住みにくく、つらいものです。

京都《きょうと》を襲《おそ》った五つの災害は、全てのものは無常《むじょう》であり、移り変わっていくことを教えています。私たちが、家や財産を得た喜びは、ある日、突然《とつぜん》、消《しょう》滅《めつ》し、苦しみに変わることが、いくらでもあるのです。

それほどの災難に遭《あ》わなくても、一人一人の立場や環境《かんきょう》によって、苦しさ

を感じることは、数え切れないほどあるでしょう。

もし、自分が身分の低い立場でありながら、権力者の隣《となり》に住むことになったら、どうでしょうか。

とても気を遣《つか》いますので、うれしいことがあっても、大声を出して笑うことができません。非常に悲しいことがあっても、声をあげて泣くこともできません。何をするにも、びくびくと緊張《きんちょう》して、恐《おそ》れている姿は、まるで、タカの巣に近づいたスズメのようです。

もし、自分がひどい貧乏《びんぼう》でありながら、大金持ちの隣《となり》に住むことになったら、どうでしょうか。

毎日、みすぼらしい自分の姿を恥《は》ずかしく思いながら、金持ちにお世辞を言ったり、ご機嫌《きげん》をとったりせざるをえなくなります。

妻や子供が「隣《となり》は、いいなあ」と、うらやましがるのを見ると、心が痛みます。金持ちから、見下げられたり、バカにされたりすると、腹が立ってきます。何かあるたびに、心が動揺《どうよう》して、少しも安らかな時はありません。

もし、町に住むと、生活は便利ですが、住宅が密集しているので、近くで火事が起きると、その災難から逃《のが》れることはできません。

もし、町から遠くに住むと、どこへ行くにも往復する苦労が多く、盗賊《とうぞく》に襲《おそ》われる危険も高まります。

では次に、住む場所ではなく、心の内側を見つめてみましょう。

権力や地位を持っている人は、幸せそうですが、人間の欲には限りがないので、どこまで求めても満足できません。

地位も立場もない人は、周囲から軽《かろ》んぜられ、不満や不安がなくなりません。

大金持ちは、いつ火災や盗難《とうなん》に遭《あ》って、財産を失うかもしれないという恐《きょう》怖心《ふしん》を強く抱《いだ》いています。

貧しい人は、「何で、自分ばかり」と、不平、不満、他人をねたむ気持ちを強く持っています。

他人を頼《たよ》り、世話になって生きると、自分が自分のものでなくなります。その人には逆らえないので、自由に生きることができなくなるのです。

逆に、他人の世話をすると、恩愛の情に振《ふ》り回《まわ》されるようになります。「こうしてやりたい」「ああしてやりたい」という気持ちが、過剰《かじょう》なまでにわいてきます。相手が、感謝して受け取ってくれないと、「こんなに世話してやっているのに」と、人間関係に苦しむようになります。

世間の慣習や、しきたりを守ろうとすると、とても窮屈《きゅうくつ》で、自由が奪《うば》われ、苦しくなります。

しかし、世間の流れに合わせないと、「非常識なやつ」「気が狂《くる》ったのではないか」と、つまはじきにされるので、余計に苦しくなります。

いったい、私たちは、どこに住んだら、何をしたら、ほんのしばらくの間だけでも、心を休ませることができるのでしょうか。

原文

いずれの所《ところ》を占《し》めて、いかなるわざをしてか、しばしもこの身《み》を宿《やど》し、たまゆらも心《こころ》を休《やす》むべき。

かいせつ

この内容を、『方丈記《ほうじょうき》』を愛読していた文豪《ぶんごう》・夏目漱石《なつめそうせき》は、そのままアレンジして、小説『草枕《くさまくら》』の書き出しに、次のように使っています。


山路《やまみち》を登りながら、こう考えた。

智《ち》に働けば角が立つ。情に棹《さお》させば流される。意地を通せば窮屈《きゅうくつ》だ。兎角《とかく》に人の世は住みにくい。

住みにくさが高じると、安い所へ引《ひ》き越《こ》したくなる。どこへ越《こ》しても住みにくいと悟《さと》った時、詩が生《う》まれて、画《え》が出来《でき》る。


実は、日本で最初に『方丈記《ほうじょうき》』を英訳したのは夏目漱石《なつめそうせき》でした。

漱石《そうせき》は、親友の正岡子規《まさおかしき》へ宛《あ》てた手紙の中で、『方丈記《ほうじょうき》』の言葉、

「知らず、生まれ死ぬる人、いずかたより来《きた》りていずかたへか去る。また知らず、仮の宿り、誰《た》がためにか心をなやまし、何によりてか目をよろこばしむる」

を引用し、「人間とは何か」「心とは何か」が分からず、悩《なや》み苦《くる》しんでいると告白しています。鴨長明《かものちょうめい》が、『方丈記《ほうじょうき》』で投げかけたテーマに、深く共感していたことが分かります。

『方丈記《ほうじょうき》』には名文がちりばめられています。しかも、近代の文豪《ぶんごう》が、創作活動の土台にするほど、深い切り口を持った作品なのです。

第4章

自然の中で、悠々と暮らす

10

「なんて私は、不運なのだろう……」五十歳で出家を決意

次は、私の生《お》い立《た》ちを、お話しすることにしましょう。

私は、父方の祖母の財産を受《う》け継《つ》ぎ、その屋敷《やしき》に、長い間、住んでいました。

しかし、父が亡《な》くなってから、親族の間でゴタゴタが起こり、私の立場は次第《しだい》に不利になっていったのです。ついに縁《えん》が切れて、思い出の多い家を出

ていかざるをえなくなりました。

そして、三十歳過ぎに、鴨川《かもがわ》のそばに、小さな家を建てたのです。前に住んでいた屋敷《やしき》と比べると、広さは十分の一になりました。

家の周りには、やっとやっと土塀《どべい》を築きましたが、門を建てる資金まではありません。

外出する時には牛車《ぎっしゃ》が必要なので、隣《となり》に車庫を造りました。しかし、竹を柱にして建てた粗末《そまつ》なものだったので、雪が降ると「つぶれないだろうか」、風が吹《ふ》くと「屋根が飛ばないだろうか」と、心配は尽《つ》きませんでした。

不都合なこと、理不尽《りふじん》なことが多い世の中を、私は、耐《た》え忍《しの》んで、生きてきました。幾《いく》たびも挫折《ざせつ》を繰《く》り返《かえ》し、悩《なや》むことが多い人生に、「なんて私は、不運なのだろう」と思い知らされるばかりです。

そこで、五十歳の春に、思い切って出家して、仏教を聞き求めることにしたのです。まず、都の北方、大原《おおはら》の山に住むことにしました。もともと妻子もなく、官職もない身ですから、執着《しゅうちゃく》するものは、何もありませんでした。

かいせつ

鴨長明《かものちょうめい》の父は京都《きょうと》の下鴨神社《しもがもじんじゃ》の最高位の神官です。全国に所領が多く、江戸時代《えどじだい》に当てはめれば、大名クラスの家の御曹司《おんぞうし》として育てられたのです。ところが長明《ちょうめい》が十八歳頃《ごろ》に、父が急死します。ここから彼の人生は、一気に転落していきます。なぜか親族から離縁《りえん》され、財産も失います。長明《ちょうめい》は、引きこもるように音楽と和歌に没頭《ぼっとう》していくのです。

三十年後に大逆転が起きます。後鳥羽上皇《ごとばじょうこう》から当代随一《とうだいずいいち》の歌人と認められ、『新古今和歌集《しんこきんわかしゅう》』の編纂《へんさん》メンバーに大抜擢《だいばってき》されたのです。感激した長明《ちょうめい》は、人が変わったように、生き生きと仕事に励《はげ》みました。後鳥羽《ごとば》上皇《じょうこう》は、ますます長明《ちょうめい》を高く評価し、恩賞として、由緒《ゆいしょ》ある神社のポストを与《あた》えることにしました。長明《ちょうめい》の喜びは最高潮に達します。

ところが、長明《ちょうめい》の親戚《しんせき》から「まじめに神職《しんしょく》の勉強をしたことがないので不適格だ」と激しい抗議《こうぎ》があり、中止になったのです。ジェットコースターが急降下するように、どん底に落ちた長明《ちょうめい》は、任務を放棄《ほうき》して失踪《しっそう》してしまうのです。これが五十歳の「出家」でした。

11

理想的な住まい、移動式の「方丈庵」を造る

出家してから、新たな家を造りました。それは、自分が、かつて鴨川《かもがわ》の近くに建てた家と比べたら、百分の一にもなりません。

家の広さは一丈《いちじょう》四方《しほう》（五畳半《ごじょうはん》）ですから、方丈庵《ほうじょうあん》とでもいいましょうか。

高さも七尺（約二・一二メートル）くらいです。

しかも、「ずっと、ここに住もう」と、場所を決めて建てたのではありません。「ここは気に入らない」と感じたら、いつでも分解して、他の場所へ運べるように工夫《くふう》してあります。

建て直すのに、手間はかかりません。わずか車二台に建築資材を乗せて運ぶだけです。車を押《お》してくれる人への謝礼以外には、全く費用がかからないのです。こんな家は、世の中に例がないでしょう。

かいせつ

失踪《しっそう》した長明《ちょうめい》は、何をしていたのでしょうか。大原《おおはら》で出会った友人は、「かつての面影《おもかげ》もないほど、やせ衰《おとろ》えていた」と書き残しています。

それほど憔悴《しょうすい》し切《き》っていた長明《ちょうめい》が、プレハブ住宅のような方丈庵《ほうじょうあん》を発明し、生き生きと暮らし始めます。

転機は、何だったのでしょうか。それは、法然上人《ほうねんしょうにん》に巡《めぐ》り会《あ》い、阿弥《あみ》陀仏《だぶつ》の本願《ほんがん》をお聞きしたことです。儚《はかな》い世を嘆《なげ》いて隠遁生活《いんとんせいかつ》やアキラメの人生を送るのが「出家」ではありません。人生の目的に向かって、前向きに、力強く生きる力を与《あた》えるのが仏の教えなのです。

当時、京都《きょうと》には、念仏《ねんぶつ》の声があふれていました。阿弥陀仏《あみだぶつ》の本願《ほんがん》を聞き求める人が、急速に増えていったのです。

しかし、長明《ちょうめい》が五十三歳頃《ごろ》に、突然《とつぜん》、「念仏禁止令《ねんぶつきんしれい》」が出され、法然《ほうねん》上人《しょうにん》の吉水草庵《よしみずそうあん》は閉鎖《へいさ》。死罪、流罪《るざい》となった弟子《でし》も多く、厳しい弾圧《だんあつ》の嵐《あらし》が吹《ふ》き荒《あ》れたのです。長明《ちょうめい》は、法然上人《ほうねんしょうにん》の弟子《でし》・日野長親《ひのながちか》に守られるようにして、方丈庵《ほうじょうあん》を荷車に積んで、日野家《ひのけ》の領地へ向かいました。

12

都の南東、日野山へ。阿弥陀如来に、一心に向かう生活

今、私は、都の南東にあたる日野《ひの》へ、方丈庵《ほうじょうあん》を持って移り住みました。法然上人《ほうねんしょうにん》のお弟子《でし》が所有している山の中腹に、とてもよい場所をお借りすることができたのです。

ここで、どのように暮らしているか、お話ししましょう。

草庵《そうあん》の東側に、屋根を三尺（約一メートル）ほど伸《の》ばして、その下で、煮炊《にた》きできるようにしました。

南側には、竹で縁側《えんがわ》を造ったので、ゆっくりと腰掛《こしか》けることができます。五畳半《ごじょうはん》の室内はついたてで仕切り、片方を仏間にして、阿弥陀如来《あみだにょらい》をご安置しました。反対側を居間として使います。部屋《へや》の棚《たな》には、和歌、音楽に関する書と、源信僧都《げんしんそうず》の『往生要集《おうじょうようしゅう》』、そして、私が好きな楽器、琴《こと》と琵琶《びわ》が立てかけてあります。

この草庵《そうあん》は、ちょうど山の谷間に位置しているため、景色《けしき》が見えるのは西側だけです。西から、明るい光がさし込《こ》みます。阿弥陀如来《あみだにょらい》の極楽浄土《ごくらくじょうど》は、西の方角にあると、お釈迦《しゃか》さまは説かれています。阿弥陀如来《あみだにょらい》に一心に向かい、救われたいと念じて生活する私には、とてもふさわしい所なのです。

13

ホトトギスやセミの鳴き声にも、世の無常を知らされる

自然に囲まれて生活するのは、いいものですよ。

春には、紫色《むらさきいろ》の藤《ふじ》の花が咲《さ》き誇《ほこ》ります。花が風になびくと、紫《むらさき》の波が押《お》し寄《よ》せているように見え、とてもきれいです。また、その様子は、私には、極《ごく》楽《らく》浄《じょう》土《ど》からたなびく「紫雲《しうん》」に見え、阿弥陀如来《あみだにょらい》に救われたいという気持ちが強くなります。

夏には、ホトトギスがやってきます。なぜか昔から、この渡《わた》り鳥《どり》は「死出《しで》の山《やま》路《じ》」を渡《わた》ってきた鳥だといわれています。ホトトギスの、もの悲しい鳴き声を聞くと、刻々と迫《せま》る、我《わ》が身《み》の無常《むじょう》を見つめずにおれなくなります。

秋には、カナカナと鳴くヒグラシの声が、耳いっぱいに聞こえます。一生懸命《いっしょうけんめい》に鳴くセミの声は、ほんの短い命、この世のはかなさを悲しんでいるようにしか思えません。

冬には、白い雪が、山を覆《おお》い、実に美

しい景色《けしき》になります。雪は降り積もっても、やがて消えていくように、人間が造った罪悪も、やがて消滅《しょうめつ》していくならば、どんなにありがたいことでしょうか。しかし、私たちが、過去から造り続けている罪悪は、あまりにも大きく、恐《おそ》ろしいので、雪のように消えることはないのです。

14

一人で演奏し、一人で歌い、我が心を慰め、楽しむ日々

私は、念仏《ねんぶつ》を称《とな》えたり、お経《きょう》を読んだりすることに疲《つか》れたら、気ままに、休むことにしています。一人で住んでいるのですから、「それはだめだ」と叱《しか》る人もいません。また、「恥《は》ずかしいなあ」と気を遣《つか》う人もいません。

そんな気楽な生活の中でも、朝、目が覚めると、「儚《はかな》いなあ」「人生は、跡《あと》の白波か……」と、ぽつりと感じることがあります。

「跡《あと》の白波」とは、有名な歌の一節です。

「世の中を　何にたとえん　朝ぼらけ
こぎ行く船の　跡《あと》の白波」（拾遺和歌集《しゅういわかしゅう》）

川を行く船の後ろに立つ白い波も、たちまち消えていくように、自分の一生も、あっという間だな……と、沙弥満誓《しゃみまんせい》が歌いました。

私は、宇治川《うじがわ》を往《い》き来《き》する船を眺《なが》めながら、この名歌を歌い、作者の心境を味わっています。

夕方になって、高木が風に揺《ゆ》れて、葉がカサカサと音を鳴らすと、唐《とう》の詩人・

白楽天《はくらくてん》が「琵琶行《びわこう》」を作った故事を思い出すのです。

木の葉が色づく秋の夕暮れ、白楽天《はくらくてん》が、友人の見送りに、波止場《はとば》へ行った時のことです。琵琶《びわ》を弾《ひ》く一人の女性に出会います。その人の、不幸な生《お》い立《た》ちを聞いて感動した白楽天《はくらくてん》が、挫折《ざせつ》を繰《く》り返《かえ》した自らの人生を重ねて詠《よ》んだ詩が、かの有名な「琵琶行《びわこう》」なのです。

私の人生においても、不幸、挫折《ざせつ》は、何度もありました。しみじみと、過ぎ去った日々を振《ふ》り返《かえ》り、私も、この方丈庵《ほうじょうあん》で、琵琶《びわ》を演奏するのです。

私の演奏は拙《つたな》いものですが、他人に聞かせるのが目的ではありませんから、少しも恥《は》ずかしくありません。

一人で演奏し、一人で歌って、我と我が心を慰《なぐさ》め、楽しませているのです。

15 山の中での生活は、四季折々の楽しさがある

方丈庵《ほうじょうあん》のある山のふもとに、一軒《いっけん》の小屋があります。

この山の管理人が住んでいます。そこに、小さな男の子がいて、時々、私の所へやってくるのです。

することもなく退屈《たいくつ》な時は、この子と一緒《いっしょ》に付近を散歩して遊ぶことにしています。彼は十歳、私はもうすぐ六十歳。その年齢《ねんれい》には大きな差がありま

すが、遊ぶ時は、心が一つになるのです。
ある時は、山菜を摘《つ》んだり、木の実を採ったりします。例えば、チガヤという春の野草の、花の芽を抜《ぬ》き取《と》って食べると、柔《やわ》らかくて甘《あま》いので、子供は喜びます。
ある時は、稲刈《いねか》りが済んだあとの田んぼへ行き、稲穂《いなほ》を何本か拾ってきて、農家の人が稲《いね》を干す真似《まね》をして遊びます。
天気がよい日に、山の頂上に登って、懐《なつ》かしい都の空や、連なる山々を眺《なが》めるのは気持ちがいいものですよ。
遠くへ行きたい気分になれば、峰《みね》づたいに、名所、旧跡《きゅうせき》を訪ねて歩きます。帰り道には、その季節によって、桜や紅葉を眺《なが》める楽しみがあります。山菜や木の実を持ち帰って、仏さまにお供えしたり、土産《みやげ》にしたりすることもあります。

夜になって、寂《さび》しさを感じる時には、窓から、そっと月を眺《なが》めて、かつての親しい友人を思《おも》い浮《う》かべます。悲しげな猿《さる》の鳴き声が聞こえてくる時には、一層、感傷的になってしまい、涙《なみだ》に暮れるのです。

夜中に目が覚めてしまった時には、灰の中に埋《う》めておいた炭火を、火箸《ひばし》でかき出して、眠《ねむ》れぬ夜の友とします。

まるで私に呼びかけるように鳴く山鳥がいると、有名な歌、

「山鳥の　ほろほろと　鳴く声きけば
　父かとぞ思う　母かとぞ思う」

を思い出して、「亡《な》くなった父か母の生まれ代わりではなかろうか」と、しみじみと感じることもあります。

この峰《みね》にいるシカは、警戒《けいかい》する様子もなく私に近寄ってきます。ここが世間から、いかに遠く離《はな》れているかが分かるで

しょう。
かといって、恐《おそ》ろしい山奥《やまおく》ではありませんので、フクロウの声も不気味な感じはせず、むしろ趣《おもむき》があるように聞こえるのです。

山の中の景色《けしき》、味わいは、このように四季折々で変化に富み、その素晴《すば》らしさを、とても書き尽《か》くせるものではありません。

第5章 形ではなく心を見つめる

16

ヤドカリの教訓
危険なことを、危険と知って対処する

この山に住み始めた時は、「しばらくだけ」と思っていましたが、もう五年も過ぎてしまいました。仮の庵《いおり》も、だんだん住み慣れて、屋根の軒《のき》に落ち葉が厚く積もり、土台に苔《こけ》が生えてきました。

たまたま、何かのついでに、都の様子を聞いてみると、この五年間に、身分の高い人が、たくさん亡《な》くなられたことが分かりました。まして、一般《いっぱん》の

人が、どれだけ死んでいったか、数え切れるものではありません。
また、都には、何度も火災が発生しましたので、焼けた家が、どれだけあるか分かりません。
でも、私の、この方丈庵《ほうじょうあん》は、安らかで、火災の心配はありません。「狭《せま》い家だな」といわれるでしょうが、夜には寝《ね》る場所があり、昼には座る所があります。一人で住むには、何の不足もありません。
ヤドカリは、小さな貝を好みます。これは、そうすべき事情を、よく知ってい

るからです。大きな貝に住むと命の危険が高まるのです。

ミサゴという鳥は、荒磯《あらいそ》にいます。わざわざ荒波《あらなみ》が打ち寄せる岩場を選ぶのは、人間に捕《と》らえられるのを恐《おそ》れているからです。

私も、ヤドカリやミサゴと同じです。どんな豪華《ごうか》な家を建て、財産を蓄《たくわ》えても、火災、竜巻《たつまき》、地震《じしん》などで、あっという間に消えていく喜びであることを知っています。

いつまでも長生きしたいと願っても、

病気、けが、事故、災害、戦争などで、いつ死んでいくか分からないことを知っています。

だから、儚《はかな》い命、短い人生を、欲や怒《いか》り、愚痴《ぐち》のために、振《ふ》り回《まわ》されたくはないのです。

家や財産、名誉《めいよ》や地位が、多いとか、少ないとか、そんなことにとらわれずに、心から喜べる幸せ、安心を求めていきたいのです。

17

貧しく、粗末な生活でも、心は満たされている

世の中の友人関係を見てみると、皆《みな》、財産のある人を尊重し、愛想のよい人と親しくなろうとします。必ずしも、親身になってくれる人、素直《すなお》で正直な人を大切にしようとはしません。

そんなことなら、ただ、琴《こと》や琵琶《びわ》などの楽器や、花や月などの自然の美しさを愛したほうが、よっぽどいいのではないでしょうか。

仕事のために、誰《だれ》かを雇《やと》うとします。雇《やと》われた人は、給料が多く、待遇《たいぐう》がよいことを第一に希望します。決して、優しくねぎらわれたい、静かで落ち着いた生活をしたいと望んでいるのではありません。

だから、人に何でも頼《たの》むよりも、自分の体を動かしたほうが、よっぽどいいのです。やるべきことがあれば、即座《そくざ》に、自分で行いましょう。

「めんどうくさいな」と思っても、他人に頼《たの》むよりは、気楽じゃないですか。

どこかへ行く時は、自分の足で歩きましょう。

「それは疲《つか》れる」といっても、乗り物は馬にするか牛車《ぎっしゃ》にするか、誰《だれ》に引いてもらうか……と面倒《めんどう》な思いをするよりは、ましじゃないですか。

自分の体を使うのですから、疲《つか》れたり、苦しくなったりしたら休めばいいのです。

それに、常に歩いたり、体を動かしたりすることは、とても健康にいいので、お勧《すす》めです。

私の衣服は粗末《そまつ》ですが、他人と交際しないので、恥《は》ずかしいとは思いません。

贅沢《ぜいたく》な食事をしなくても、野草や木の実などで命をつなぐことができます。

食べる物が少ないと、かえって、一つ一つを大切な賜《たまわ》り物《もの》として、おいしく頂くことができます。

今は、貧しく、粗末《そまつ》な生活ですが、とても心は満たされています。

これは、何も、裕福《ゆうふく》な人に向かって皮肉を言っているのではありません。

都で暮らしていた時の自分と、今の自分では、「何が幸福か」という価値観が、全く変わってしまったのです。

18

幸せになれるか、どうかは、「心」一つで決まる

迷い多き人間が、この世で、幸せになれるか、どうかは、ただ「心」一つで決まります。

では、その「心」とは、どんな心でしょうか。

全ての人は、死に直面すると、目の前が、真っ暗になります。死後はある

のか、ないのか、さっぱり分からず、恐《おそ》れ、苦しみます。この「死んだらどうなるか分からない心」を、仏教では「無明《むみょう》の闇《やみ》」「後生暗い心《ごしょうくらいこころ》」といわれます。

この「後生暗い心《ごしょうくらいこころ》」があるうちは、不安がなくなりませんので、どんな高級な乗り物や、世界中の宝物が自分のものになったとしても、喜べないのです。宮殿《きゅうでん》や楼閣《ろうかく》のような豪邸《ごうてい》に住んでも満足することはないのです。

19

魚が水の中にすむ心は、魚でないと分からない

今、住んでいる、たった一間の庵《いおり》を、私は、とても愛しています。何かのついでに都へ行くと、自分が、乞食《こじき》のような姿をしているのを恥《は》ずかしく思います。

しかし、この庵《いおり》に帰ってくると、逆に、世間の人が、名誉《めいよ》や財産を追い求めて、あくせく走り回っているのを気の毒に思うのです。

方丈庵の内部

私が負《ま》け惜《お》しみを言っていると思うならば、魚と鳥の生き様を、よく見てください。

魚は、水の中にいますが、水が嫌《いや》になることはありません。その心は、魚でないと分かりません。

鳥は、林にすむことを望みますが、その心は、鳥でなければ分かりません。

私が、山の中で、一人、静かな生活を楽しんでいる気持ちも、これと同じなのです。

20

一生を謙虚に反省し、前向きに進んでいく

思えば私の一生も、月が山《やま》の端《は》に沈《しず》もうとしているように、もう余命、いくばくもありません。まもなく真っ暗な後生《ごしょう》に向かおうとしているのに、心は暗く、悶々《もんもん》とするばかりなのです。

静かな明け方、自分の心に問いかけました。

「長明《ちょうめい》よ、おまえが出家して仏教を求めたのは、何のためだったのか。後生《ごしょう》

暗《くら》い心《こころ》の解決が目的ではなかったのか。お釈迦《しゃか》さまの教えを聞いていた維摩《ゆいま》居士《こじ》が、一丈四方《いちじょうしほう》の小さな部屋《へや》に住んでいたことを知って、真似《まね》をしただけではないのか。問題は形ではなく、心なのだ。おまえは、せっかく法然上人《ほうねんしょうにん》から、阿弥陀仏《あみだぶつ》の本願《ほんがん》をお聞きしながら、どれだけ真剣《しんけん》に聞き求めていたというのか……」

私は、もう、何も言えません。ただ、「南無阿弥陀仏《なむあみだぶつ》……」と、静かに念《ねん》仏《ぶつ》を称《とな》えるばかりです。

建暦《けんりゃく》の二年三月、出家の蓮胤《れんいん》、日野《ひの》の外山《とやま》の庵《いおり》においてこの文を記します。

かいせつ

ちょっと暗い終わり方に感じますね。でも、しかたがないのです。長《ちょう》明《めい》が『方丈記《ほうじょうき》』を書き終える二カ月前に、法然上人《ほうねんしょうにん》がお亡《な》くなりになったのです。その悲しさは、求道への猛反省《もうはんせい》となりました。静かに念仏《ねんぶつ》を称《とな》え、初心に返って仏教を聞き求める決意をしたに違《ちが》いありません。

京都へ行こう！
方丈庵を訪ねて

現地ルポ

大きな石の上に、方丈庵があったって、本当ですか？

鴨長明《かものちょうめい》が『方丈記《ほうじょうき》』を書いた場所は、今も残っています。
京都《きょうと》の山の中に。八百年たった今も！
はて？ そこには、何があるのでしょうか。
戦国武将の細川幽斎《ほそかわゆうさい》は、草庵跡《そうあんあと》を訪ねて、
「そこには、大きな石がある。石の上で耳を澄《す》ますと、清らかな水が流れる

江戸時代に建てられた「長明方丈石」の石碑（右側）

音が聞こえてくる。その響《ひび》きは、まるで、琴《こと》の調べのようだ。ここに立って初めて、長明《ちょうめい》の心の奥底《おくそこ》を感じることができた」と記しています。

はて？「大きな石」とは、何でしょうか。

江戸時代《えどじだい》になると、「長明方丈石《ちょうめいほうじょういし》」と刻んだ石碑《せきひ》が建てられ、多くの人が訪《おとず》れるようになりました。まさに、観光名所になったのです。

はて？ここにも「石」が出てきます。

「方丈石《ほうじょういし》」とは、何なのでしょうか。

この謎《なぞ》を解くには、現地へ取材に行くしかありません。

新幹線で、京都駅へ。（平成二十九年十二月十一日）

風が冷たく、冬の寒さを感じる日でした。

駅前でレンタカーを借りました。

長明《ちょうめい》が住んでいた山は、伏見区《ふしみく》の法界寺《ほうかいじ》の裏手にあります。カーナビを「法界寺《ほうかいじ》」にセットして、出発！

四十分ほどで、「目的地周辺です」と、カーナビのアナウンスが流れると、三叉路《さんさろ》になります。

右へ行けば「親鸞聖人日野誕生院《しんらんしょうにんひのたんじょういん》」、左へ行けば「鴨長明方丈石《かものちょうめいほうじょういし》」と記され

方丈石へは、ここから左へ約１キロ（京都市伏見区日野）

日野野外活動施設のあたりで行き止まり。徒歩で山道へ

ています。

方丈石《ほうじょういし》まで、あと約一キロ。

もうすぐだ、と気楽に車を走らせましたが……。

行き止まりです。林の入り口に、

「是《これ》より三〇〇M　鴨長明方丈石《かものちょうめいほうじょういし》」

「この杖《つえ》、ご自由にお使いください」

と書かれています。今も、訪ねる人が多いのでしょう。

落ち葉を踏《ふ》みしめ、坂道を登っていきます。

湧《わ》き水《みず》が、チロチロと澄《す》んだ音を立て

樹木のトンネルを通って
鴨長明の世界へ

落ち葉を踏みしめて、長明さんが歩いた道を行く

自然石のベンチも

て流れています。

高い木が空を覆《おお》い、大自然のトンネルへ入ったようです。

「あれ、この静けさは、なんだろう……」

背中がゾクッとしてきました。

「八百年前も、こうだったに違《ちが》いない。長明《ちょうめい》さんも、この道を歩いたのだ」

まるでタイムスリップしたような不思議な感覚に襲《おそ》われました。

山道を行くと、公園のベンチのように、薄緑《うすみどり》色《いろ》の大きな石がありました。疲《つか》れたら、腰掛《こしか》けるのに、ちょうどいい感じです。この山には、

下から見た方丈石。まるで、山に落ちた巨大な隕石のようだ

このような自然石が多いようです。

やがて目の前に、巨大《きょだい》な石の塊《かたまり》が出現！

先ほどと同じ薄緑色《うすみどりいろ》の石ですが、人の背丈《せたけ》の倍以上もあります。山の斜面《しゃめん》から突《つ》き出《で》ているのです。

驚《おどろ》いて立ちすくんでいると、後ろから、「おはようございます」と声をかけられました。ふりむくと、白い杖《つえ》をついた、おじいさん。

「もう午後二時過ぎなのに……」と思いながら、「おはようございます」と返す

横から見た方丈石。こんな石の上に家を建てるとは……

方丈石の上。舞台のように平らになっている

と、ニコニコして説明してくれました。

「私はね、ここへ、毎日、登ってくるんですよ。ここが、鴨長明《かものちょうめい》さんが、『方丈《ほうじょう》記《き》』を書いた場所なんです」

「長明《ちょうめい》さんは、どこに、方丈庵《ほうじょうあん》を建てたのですか」

「この、石の上です。だから、この石を『方丈石《ほうじょういし》』と呼んでいるのですよ」

確かに、巨大《きょだい》な石の上は平らです。舞《ぶ》台《たい》のようになっています。

おじいさんは、ガイドのように、続けて話してくれました。

「実は、十数年前に、大学生のグループが、本当に、この石の上に方丈庵《ほうじょうあん》を建てることができるか、実験をしたのです。よく調べると、長明《ちょうめい》さんが柱を建てるために掘《ほ》った穴が、ちゃんと残っていました。彼らは、ここに、見事に、方丈庵《ほうじょうあん》を建てたのです」

「えっ！　こんな山奥《やまおく》まで建築資材を運ぶのは大変だったでしょうね」

「もっと、面白《おもしろ》い話がありますよ。実は、豊臣秀吉《とよとみひでよし》が、この石を気に入って、伏見城《ふしみじょう》の石垣《いしがき》にするために、一部を砕《くだ》いて、持っていったのです。だから、長明《ちょうめい》さんが住んでいた時は、もっと大きかったのです。江戸時代《えどじだい》の書物『山城名跡巡行志《やましろめいせきじゅんこうし》』に書いてありました」

「それは、ひどい！　権力者は、何でも奪《うば》っていきますね。でも、これも、全てのものは無常《むじょう》であり、移り変わっていくことを証明するエピソードですね。この石は頑丈《がんじょう》だ、何百年も形が変わらない、と思っていても、秀吉《ひでよし》に砕《くだ》

この石碑の右側を登っていくと頂上へ

かれたのですから……」

「確かに、この世は無常《むじょう》ですね……。まあ、わしは、これで失礼しますよ。この辺りは、『方丈記《ほうじょうき》』に書かれているとおり、ハイキングにぴったりで、とても気持ちがいいんですよ。ぐるっと回ってくるから」

　おじいさんは、杖《つえ》をついて、山道を、さらに登っていきました。

　長明《ちょうめい》さんは、この巨大《きょだい》な石舞台《いしぶたい》の上に、小さな庵《いおり》を建てて、『方丈記《ほうじょうき》』を書いたのです。

まさか、こんなに静かな山の中に建てたとは思いませんでした。

まさか、こんな巨大《きょだい》な石の上に建てたとは思いませんでした。

まさか、こんなに心が落ち着く空間で執筆《しっぴつ》していたとは思いませんでした。

長明《ちょうめい》さんの、強い志を感じます。


安土桃山時代《あづちももやまじだい》の細川幽斎《ほそかわゆうさい》だけでなく、江戸、明治、大正、昭和にかけて、多くの作家、歌人、文化人がここを訪《おとず》れています。

そして、この大きな石の上で、心静かに『方丈記《ほうじょうき》』を読み、長明《ちょうめい》さんの心を知ろうとしてきました。

はたして、鴨長明《かものちょうめい》は、何を伝えるために、『方丈記《ほうじょうき》』を書いたのでしょうか。

私も、先人にならって、方丈石《ほうじょういし》に腰掛《こしか》け、『方丈記《ほうじょうき》』を原文で読むことにしました。

『方丈記《ほうじょうき》』は、四百字詰原稿用紙《よんひゃくじづめげんこうようし》に換算《かんさん》すると二十枚くらいの短い作品です。ゆっくり、静かに音読しても、さほど時間はかかりません。机の上で読むのとは全く違《ちが》う感銘《かんめい》が、体中に、深く、深く、しみ込《こ》んでいきました。

方丈石《ほうじょういし》から山道を下りてくると桜を発見しました。十二月なのに満開！その名も冬桜。長明《ちょうめい》さんは、とても素敵《すてき》な所に住んでいたのですね。

❖鴨長明と法界寺の因縁

京都駅から方丈庵跡《ほうじょうあんあと》へ向かう時に目印にした「法界寺《ほうかいじ》」は、鴨長明《かものちょうめい》とも因縁《いんねん》の深い所です。

長明《ちょうめい》は、出家したあと、京都《きょうと》で、法然上人《ほうねんしょうにん》のご法話をお聞きします。しかし、まもなく念仏禁止令《ねんぶつきんしれい》が出され、法然《ほうねん》上人《しょうにん》、親鸞聖人《しんらんしょうにん》は流罪《るざい》、浄土仏教《じょうどぶっきょう》に激しい弾圧《だんあつ》が加えられます。この時、長明《ちょうめい》は、法然上人《ほうねんしょうにん》のお弟子《でし》・日野長親《ひののながちか》に守られるように日野山《ひのやま》へ移住します。法界寺《ほうかいじ》は日野《ひの》氏の菩提《ぼだい》寺《じ》であり、方丈石《ほうじょういし》のある山も、日野《ひの》氏の所領だったのです。

また、法界寺《ほうかいじ》の山門には、「親鸞聖人御誕生初因縁之地《しんらんしょうにんごたんじょうしょいんねんのち》」と書かれています。親鸞聖人《しんらんしょうにん》は、藤原《ふじわら》一族としてここに生まれ、幼少時を過ごされたのでした。

❖ラストは、長明さんの弾き語り

ラストは、長明さんの弾き語り

長明さんは、日本の、レオナルド・ダ・ヴィンチみたいですね

「あっ、忘れ物をしてしまった」

方丈石《ほうじょういし》の取材を終え、山を下りてから気がつきました。ポケットに入れてあった『方丈記《ほうじょうき》』の文庫本がない……。

もう一度、方丈石《ほうじょういし》へ、引き返そう！

もう夕暮れが近づいています。寂《さび》しい山道を、落ち葉を踏《ふ》み締《し》めて歩んでいくと……。

「おや、どこかから、音楽が聞こえてくるぞ」

方丈石《ほうじょういし》の辺りからです。

しかも、石の上に、小さな家が建っています。

縁側《えんがわ》に腰掛《こしか》けている男性が、琵琶《びわ》を弾《ひ》きながら、

「ゆく河の流れは絶えずして、しかも、もとの水にあらず……」

と口ずさんでいるではありませんか。

「あなたは、鴨長明《かものちょうめい》さんですか」

「そうですが、あなたは？」

やっぱり、タイムスリップしたようです。

「はい、『方丈記《ほうじょうき》』の愛読者です。八百年後の日本でも人気ですよ」

「そんな未来から……。珍《めずら》しい客人だ」
「これが、方丈庵《ほうじょうあん》なのですね。わずか五畳半《ごじょうはん》ほどのお住まいと聞いています」

「もう日も暮れてきたし、中で話しましょうか」

方丈庵《ほうじょうあん》の中は、きちんと整理されています。

まず、お仏壇《ぶつだん》の、阿弥陀如来《あみだにょらい》に合掌《がっしょう》。

木の実がお供えしてあります。たまに遊びに来る十歳の男の子と一緒《いっしょ》に採ってきた物かもしれません。

隣《となり》の棚《たな》を見ると、『往生要集《おうじょうようしゅう》』が目に飛《と》び込《こ》んできました。長明《ちょうめい》さんは、浄土往生《じょうどおうじょう》を願って、何度も読んでいるのでしょう。

和歌と音楽に関する本も並んでいます。

文筆家にとって、読書は不可欠です。長明《ちょうめい》さんも、本をよく読んで勉強していることが伝わってきます。

あっ、棚《たな》のそばに琴《こと》が！

「長明《ちょうめい》さんは、琵琶《びわ》だけでなく、琴《こと》も演奏されるのですね。それにしても、小さな琴《こと》ですね」

「琵琶《びわ》も、琴《こと》も、私の手作りです。小さくして、折《お》り畳《たた》んで持ち運べるようにしたのです」

「すごいなあ、長明《ちょうめい》さんは、楽器まで、自分で作ってしまうのですね」

「自慢《じまん》じゃないですが、この移動式の方丈庵《ほうじょうあん》も、私の発明ですよ」

「文学、音楽、発明……、多才ですね。まるで、レオナルド・ダ・ヴィンチみたいですね」

「……？」

部屋《へや》の中央には、小さな囲炉裏《いろり》があります。

「長明《ちょうめい》さん、『方丈記《ほうじょうき》』の中に、『夜中に目が覚め

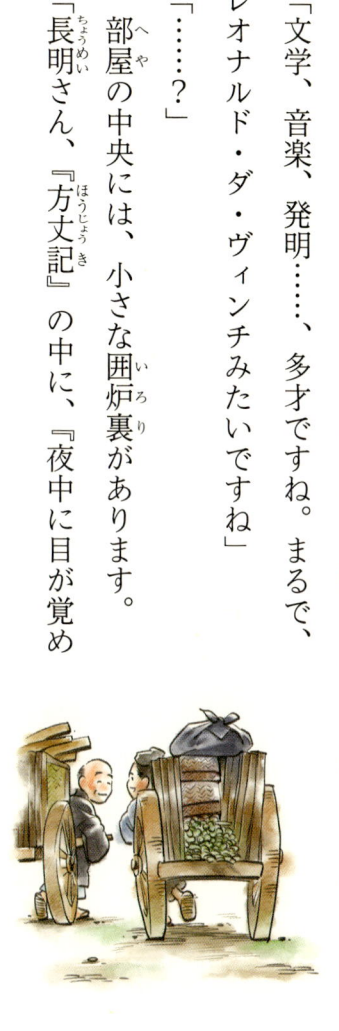

てしまった時には、灰の中に埋《う》めておいた炭火を、火箸《ひばし》でかき出して、眠《ねむ》れぬ夜の友とする』と書かれていますね。とても印象的でした。灰の中から、火箸《ひばし》で炭火をかき出したのは、この囲炉裏《いろり》ですね」

「そうです。年齢《ねんれい》が高くなるとね、夜中に目が覚めやすくなるんですよ」

「方丈庵は、日本の美の極致」ドイツの建築家が絶賛

「長明《ちょうめい》さん、この方丈庵《ほうじょうあん》は、とても素敵《すてき》な住まいですね。質素で、機能的な部屋《へや》として、海外でも有名なんですよ。ドイツの建築家《けんちくか》が『日本の美の極致《きょくち》

だ』と絶賛しているほどです」

「えっ、こんな家が？　とんでもない！　今の私の心境に合わせて、好きに造っただけですよ。小さくて質素な家がいいとか、大きな家は贅沢《ぜいたく》でダメだとか、そんなことを言っているのではありませんよ」

「はい。魚が水にすむ心は魚にしか分からない、鳥が林を好む心は鳥にしか分からない、長明《ちょうめい》さんが方丈庵《ほうじょうあん》に住む心は長明《ちょうめい》さんしか分からない、ということでしょうか……」

「この小さな家に住むまでには、いろいろとあったのですよ……」

「少し知っていますよ。長明《ちょうめい》さんは、大富豪《だいふごう》の御《おん》曹司《ぞうし》として生まれましたが、やがて転落して貧乏《びんぼう》

な生活を味わいます。放浪《ほうろう》もされました。しかも、楽器を手にすれば一流の才能を発揮し、和歌を詠《よ》めば当代随一《ずいいち》と称賛《しょうさん》される……。すごいですね！」

「む……、褒《ほ》められているのかどうか、分かりませんが……。私は、五十歳頃《ごろ》に絶望し、『これから、どう生きようか』と悩《なや》んでいました。だけど、お釈迦《しゃか》さまの教え『**有無同然**《うむどうぜん》』に出会って、何かが、吹《ふ》っ切《き》れたんですよ」

「『**有無同然**《うむどうぜん》』って、どういう意味ですか」

「『有っても苦、無くても苦』という意味です。私たちは、自分が苦しんでいるのは、お金や財産、地位や名誉《めいよ》が足りないからだと思っています。しかし、望んでいるものを手に入れたら、本当に、苦しみは減りますか？　苦しみの色や形が変わるだけではないでしょうか」

「色や形が変わるだけか……、確かに、そうかもしれませんね」
「そう気づいたら、自分は何のために生きているのか、よく考えてみてください。他人の真似《まね》をして、山の中に住んだり、方丈庵《ほうじょうあん》を建てたりしても、解決しませんよ。一人一人の人生なのですから」

「震災の記憶が風化しないように……」とは、何を、どのように心がけることなのか

「長明《ちょうめい》さんは、京都《きょうと》を襲《おそ》った五大災害を詳《くわ》しく書いておられましたね。実は、私の時代にも大地震《だいじしん》の被害《ひがい》が続いているのです」
「日本は、地震《じしん》の多い国ですからね」

「東日本大震災《ひがしにほんだいしんさい》が起きてから、『方丈記《ほうじょうき》』が、再び注目されているんですよ」

「ほう……、どうして？」

「『恐《おそ》れの中に恐《おそ》るべかりけるは、ただ地震《ない》なりけり』（最も恐《おそ》ろしいものは地震《じしん》だ）と、ズバリ書かれているからです。新聞の記事にも、よく引用されました。この言葉が、皆《みな》の心に、ぴったり合ったのです」

「そうですか……。でも、もっと深く読んでもらいたいのですが……」

「え、もっと深く、ですか……」

「はい。その言葉の直後に、最も大事なことを書いたはずです」

大地震《だいじしん》の章を読み返してみました。

「分かりました。これですね。『月日重なり、年経《へ》にし後《のち》は、ことばにかけ

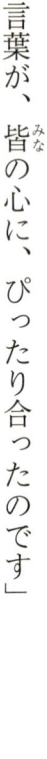

て言《い》い出《い》ずる人だになし』」

「そうです。年数がたつにつれて、地震《じしん》があったことさえ、言葉に出して言う人がいなくなりました……。これは、悲しいことです」

「私の時代でも、『震災《しんさい》の記憶《きおく》が風化しないように』と叫《さけ》ばれています」

「『風化させてはいけない』とは、どういうことだと思っていますか」

「完全に復興していないことを忘れないようにしよう、これから起きる災害への対策を万全にしていこう、ということでしょうか」

「そのとおりですね。被災《ひさい》された方の心の傷は癒《い》えることがありません。過去の出来事と位置づけずに、必要な対策を講じていくことが大切です。それらを行ったうえで、もう一歩、進んで、自分の問題として受け止めてほしいのです」

「自分の問題？」

「家を建てようとしている人は、やがて、この大地が、崩《くず》れたり、激しく揺《ゆ》れたりすると思っているでしょうか。『そんなこと、あるはずがない』と、固く信じている人ばかりではないでしょうか」

「はい、固く信じないと、生涯《しょうがい》働いてためたお金を使って、家を建てる決心はできません」

「でも、それは淡《あわ》い期待ですよ。どこにも保証がありません。いつ、どこで大地震《だいじしん》が起きるか、誰《だれ》にも分からないのですから」

「だけど、そんなことを心配していたら、何もできませんよ」

「それは逆だと思います。幸せへ向かって、積極的に行動するために、まず、自分の足元を見つめましょう、事実を事実と認めましょう、と言っているのです」

「これは、生き方を考えるうえで、死角をついた問題提起ですね。自分の人生を、考え直す必要に迫《せま》られます。『方丈記《ほうじょうき》』が八百年間も読《よ》み継《つ》がれ、多くの人に影響《えいきょう》を与《あた》えている理由は、ここにあるのですね」

無常を知らされると、本当の幸せを、前向きに探し始める

「地震《じしん》だけでなく、火災、竜巻《たつまき》、食糧危機《しょくりょうきき》、戦争などによって、ある日、突然《とつぜん》、今の幸せは、根底から壊《こわ》れてしまうかもしれません。人間が求めている幸せは、そういう不安定で、続かない幸せであることを、まず、ハッキリと見つめることが大事なのです」

「それを仏教では、『無常《むじょう》』と教えられるのですね」

「例外は一つもないから、お釈迦《しゃか》さまは『諸行無常《しょぎょうむじょう》』と教えられました」

「長明《ちょうめい》さんは、無常《むじょう》を知らされたから、世を儚《はかな》んで、出家遁世《しゅっけとんせい》したと書いている本が、たくさんありますよ」

「それは、完全な誤解です。無常《むじょう》を知らされると、どこかへ逃《に》げるのではなく、本当の幸せはどこにあるのか、前向きに探さずにおれなくなります」

「無常《むじょう》を知らされると、前向きになる……？」

「例えば、自分が重い病にかかっていると知らされたら、病気を治してくれる医者を探すでしょう。必死になって、よい薬を探すでしょう。何としても生きたいと頑張《がんば》るでしょう」

「死にたくありませんから……」

「それと同じですよ」

「長明《ちょうめい》さんの話を聞いて、『歎異抄《たんにしょう》』の一節を思い出しました」

「『歎異抄《たんにしょう》』……」

「はい。『方丈記《ほうじょうき》』『歎異抄《たんにしょう》』『徒然草《つれづれぐさ》』は、日本の三大古典、三大美文だと、私は思っています。『歎異抄《たんにしょう》』には、親鸞聖人《しんらんしょうにん》の言葉が記されています」

火宅無常《かたくむじょう》の世界《せかい》は、万《よろず》のこと皆《みな》もって、そらごと、たわごと、真実《まこと》あることなし。（歎異抄《たんにしょう》・後序《こうじょ》）

意訳

火災が発生し、屋根が燃えている家の中にいる心境は、不安で、恐《おそ》ろしくて、苦しくてなりません。まさに、私たちの住んでいる世界は火宅であり、何をしても、何を得ても、全て、そらごと、たわごとばかりで、安心を与《あた》えてくれるものは、一つもないのです。

「長明《ちょうめい》さんが、法然上人《ほうねんしょうにん》のご法話を聞きに行かれた時に、親鸞聖人《しんらんしょうにん》にお会いになりませんでしたか」

「親鸞殿《しんらんどの》ならば、よく知っていますよ。法然上人《ほうねんしょうにん》のお弟子《でし》の中でも、際立《きわだ》った活躍《かつやく》をしておられました。『**火宅無常《かたくむじょう》の世界《せかい》**』とは、絶妙《ぜつみょう》な表現ですね。さすが、親鸞殿《しんらんどの》の言葉です」

「では、どこに救いがあるのでしょうか」

「それは、法然上人《ほうねんしょうにん》の教えを、正しく伝えられた親鸞殿《しんらんどの》にお聞きするのがいいのではないでしょうか」

親鸞聖人《しんらんしょうにん》は、火宅無常《かたくむじょう》の世界《せかい》で苦しむ人生を「難度《なんど》の海《うみ》」と言われ、その苦しみの人生を、明るく楽しく渡《わた》す「大船《たいせん》」のあることを、次のように教えておられます。

難思《なんし》の弘誓《ぐぜい》は、難度《なんど》の海《うみ》を度《ど》する大船《たいせん》、無碍《むげ》の光明《こうみょう》は、無明《むみょう》の闇《やみ》を破《は》する慧日《えにち》なり（教行信証《きょうぎょうしんしょう》）

意訳

阿弥陀仏《あみだぶつ》の本願《ほんがん》は、難度《なんど》の海《うみ》に苦しむ私たちを乗せて、必ず無量光明土《むりょうこうみょうど》（極楽浄土《ごくらくじょうど》）に渡《わた》す大船《たいせん》なのです。弥陀《みだ》には、苦悩《くのう》の根元《こんげん》である無明《むみょう》の闇《やみ》を破り、どんな人も、この大船《たいせん》に乗せて、絶対の幸福に助けるお力があるのです。

「阿弥陀仏《あみだぶつ》の本願《ほんがん》のお力によって、どんな人でも、必ず救われることを、親《しん》鸞殿《らんどの》は、こんなにハッキリと教えておられるのですね」

「『歎異抄《たんにしょう》』には、もっと分かりやすく説かれていますよ」

「そうですか、『歎異抄《たんにしょう》』を読むことができる時代の人は、幸せですね」

「『方丈記《ほうじょうき》』を書かれるような長明《ちょうめい》さんでも、そう思われるのですか」

「私は、他人に向かって、世の中は無常《むじょう》ですよ、と言っていますが、自分の心を見つめると、反省ばかりです。真剣《しんけん》に仏法を聞かない心が見えてきます。これではいけませんね」

「『方丈記《ほうじょうき》』の最終章のような心境になってこられましたね。でも、あの夜明け前の告白は、ちょっと暗い印象を与《あた》える文章でしたよ」

「あの時は、まだ、法然上人《ほうねんしょうにん》がお亡《な》くなりになったショックから立ち直れなかったのですよ」

「今は、大丈夫《だいじょうぶ》ですか」

「もちろんです。何としても、命のあるうちに、阿弥陀仏《あみだぶつ》の本願《ほんがん》の大船《たいせん》に乗せていただきたいと、心から願わずにおれません。初心に返って、しっかりと仏教を聞き求めていきます！」

どうも、夜通し、話をしていたようです。気がついたら真っ暗だった空も、山際《やまぎわ》から次第《しだい》に明るくなってきました。まもなく太陽が昇《のぼ》りそうです。

『方丈記《ほうじょうき》』の最後の文章も、今日のように、前向きな決意をストレートに書いてほしかったな、と思いつつ、山道を下りて、帰途《きと》に就《つ》きました。

『方丈記』原文

ゆく河《かわ》の流《なが》れは絶《た》えずして、しかも、もとの水《みず》にあらず。よどみに浮《う》かぶうたかたは、かつ消《き》え、かつ結《むす》びて久《ひさ》しくとどまりたるためしなし。世《よ》の中《なか》にある人《ひと》と栖《すみか》と、またかくのごとし。

たましきの都《みやこ》のうちに棟《むね》を並《なら》べ、甍《いらか》を争《あらそ》える高《たか》き賤《いや》しき人《ひと》の住《す》まいは、世々《よよ》を経《へ》て尽《つ》きせぬものなれど、これをまことかと尋《たず》ぬれば、昔《むかし》ありし家《いえ》はまれなり。或《あるい》は去年《こぞ》焼《や》けて今年造《ことしつく》れり。或《あるい》は大家《おおいえ》ほろびて小家《こいえ》となる。住《す》む人《ひと》もこれに同《おな》じ。所《ところ》も変《か》わらず人《ひと》も多《おお》かれどいにしえ見《み》し人《ひと》は、二《に》、三十人《さんじゅうにん》が中《うち》にわずかに一人二人《ひとりふたり》なり。朝《あした》に死《し》に、夕《ゆうべ》に生《う》まるるならい、水《みず》の泡《あわ》にぞ似《に》たりける。

知《し》らず、生《う》まれ死《し》ぬる人《ひと》、いずかたより来《きた》りていずかたへか去《さ》る。また知《し》らず、仮《かり》の宿《やど》り、誰《た》がためにか心《こころ》をなやまし、何《なに》によりてか目《め》をよろこばしむる。その主《あるじ》と栖《すみか》と無常《むじょう》を争《あらそ》うさま、いわば朝顔《あさがお》の露《つゆ》に異《こと》ならず。或《あるい》は露落《つゆお》ちて、花残《はなのこ》れり。残《のこ》るといえども、朝日《あさひ》に枯《か》れぬ。或《あるい》は花《はな》しぼみて、露《つゆ》なお消《き》えず、消《き》えずといえども夕《ゆうべ》を待《ま》つ事《こと》なし。

予《われ》、ものの心《こころ》を知《し》れりしより、四十《よそじ》あまりの春秋《しゅんしゅう》をおくれる間《あいだ》に、世《よ》の不思議《ふしぎ》を見《み》る事《こと》、ややたびたびになりぬ。去安元三年四月廿八日《いんじあんげんさんねんしがつにじゅうはちにち》かとよ。風《かぜ》はげしく吹《ふ》きて静《しず》かならざりし夜《よ》、戌《いぬ》の時《とき》ばかり、都《みやこ》の東南《とうなん》より火出《ひい》で来《き》て、西北《せいほく》にいたる。はてには朱雀門《しゅじゃくもん》、大極殿《だいこくでん》、大学寮《だいがくりょう》、民部《みんぶ》省《しょう》などまで移《うつ》りて、一夜《いちや》のうちに塵灰《じんかい》となりにき。火元《ほもと》は樋口冨《ひぐちとみ》の小路《こうじ》とかや。舞人《まいびと》を宿《やど》せる仮屋《かりや》より出《い》で来《き》たりけるとなん。吹《ふ》き迷《まよ》う風《かぜ》にとかく移《うつ》りゆくほどに、扇《おうぎ》をひろげたるがごとく末広《すえひろ》になりぬ。遠《とお》き家《いえ》は煙《けぶり》にむせび、近《ちか》きあたりはひたすら焔《ほのお》を地《じ》に吹《ふ》きつけたり。空《そら》には灰《はい》を吹《ふ》き立《た》てたれば、火《ひ》の光《ひかり》に映《えい》じて、あまねく紅《くれない》なる中《なか》に、風《かぜ》に堪《た》えず吹《ふ》き切《き》られたる焔《ほのお》、飛《と》ぶが如《ごと》くして一《いち》、二町《にちょう》を越《こ》えつつ移《うつ》りゆく。その中《なか》の人《ひと》、うつし心《ごころ》あらんや。或《あるい》は煙《けぶり》にむせびて倒《たお》れ伏《ふ》し、或《あるい》は焔《ほのお》にまぐれてたちまちに死《し》ぬ。或《あるい》は身《み》ひとつかろうじて逃《のが》るるも、資財《しざい》を取《と》り出《い》ずるに及《およ》ばず。七珍万宝《しっちんまんぽう》さながら灰燼《かいじん》となりにき。その費《つい》えいくそばくぞ。そのたび公卿《くぎょう》の家十六焼《いえじゅうろくや》けたり。ましてその外《ほか》、数《かぞ》え知《し》るに及《およ》ばず。すべて、都《みやこ》のうち三分《さんぶん》が一《いち》に及《およ》べりとぞ。男女死《なんにょし》ぬるもの数千人《すうせんにん》、馬牛《ばぎゅう》のたぐい辺際《へんざい》を知《し》らず。人《ひと》のいとなみ皆愚《みなおろ》かなる中《なか》に、さしもあやうき京《きょう》中《じゅう》の家《いえ》をつくるとて、宝《たから》を費《つい》やし心《こころ》を悩《なや》ます事《こと》は、すぐれてあじきなくぞ侍《はべ》る。

また、治承《じしょう》四年《よねん》卯月《うづき》のころ、中御門京極《なかのみかどきょうごく》のほどより、大《おお》きなる辻風《つじかぜ》おこりて、六条《ろくじょう》わたりまで吹《ふ》ける事《こと》はべりき。三《さん》、四町《よんちょう》を吹《ふ》きまくる間《あいだ》にこもれる家《いえ》ども、大《おお》きなるも小《ちい》さきも、一《ひと》つとして破《やぶ》れざるはなし。さながら平《ひら》に倒《たお》れたるもあり。桁《けた》、柱《はしら》ばかり残《のこ》れるもあり。門《かど》を吹《ふ》きはなちて、四《し》、五町《ごちょう》がほかに置《お》き、また垣《かき》を吹《ふ》きはらいて、隣《となり》と一《ひと》つになせり。いわんや、家《いえ》のうちの資財《しざい》、数《かず》をつくして空《そら》にあり。檜皮《ひわだ》、葺板《ふきいた》のたぐい、冬《ふゆ》の木《こ》の葉《は》の風《かぜ》に乱《みだ》るるが如《ごと》し。塵《ちり》を煙《けぶり》の如《ごと》く吹《ふ》き立《た》てたれば、すべて目《め》も見《み》えず。おびたたしく鳴《な》りどよむほどに、もの言《い》う声《こえ》も聞《き》こえず。彼《か》の地獄《じごく》の業《ごう》の風《かぜ》なりとも、かばかりにこそはとぞおぼゆる。家《いえ》の損亡《そんぼう》せるのみにあらず、これを取《と》り繕《つくろ》う間《あいだ》に身《み》をそこない片輪《かたわ》づける人《ひと》、数《かず》も知《し》らず。この風《かぜ》、未《ひつじ》の方《かた》に移《うつ》りゆきて、多《おお》くの人《ひと》の歎《なげ》きなせり。辻風《つじかぜ》はつねに吹《ふ》くものなれど、かかる事《こと》やある。ただ事《ごと》にあらず。さるべきもののさとしかなどぞ、疑《うたが》い侍《はべ》りし。

また、治承四年水無月《じしょうよねんみなづき》のころ、にわかに都遷《みやこうつ》り侍《はべ》りき。いと思《おも》いの外《ほか》なりし事《こと》なり。おおかたこの京《きょう》のはじめを聞《き》ける事《こと》は、嵯峨《さが》の天皇《てんのう》の御《おん》時《とき》、都《みやこ》と定《さだ》まりにけるより後《のち》、すでに四百余歳《しひゃくよさい》を経《へ》たり。ことなるゆえなくて、たやすく改《あらた》まるべくもあらねば、これを世《よ》の人安《ひとやす》からず憂《うれ》えあえる、実《まこと》にことわりにもすぎたり。されど、とかく言《い》うかいなくて、帝《みかど》よりはじめ奉《たてまつ》りて、大臣《だいじん》、公卿《くぎょう》みな悉《ことごと》く移《うつ》ろい給《たま》いぬ。世《よ》につかうるほどの人《ひと》、誰《たれ》か一人《ひとり》ふるさとに残《のこ》りおらん。官《つかさ》、位《くらい》に思《おも》いをかけ、主君《しゅくん》のかげを頼《たの》むほどの人《ひと》は、一日《ひとひ》なりともとく移《うつ》ろわんとはげみ、時《とき》を失《うしな》い世《よ》に余《あま》されて、期《ご》する所《ところ》なきものは愁《うれ》えながらとまりおり。軒《のき》を争《あらそ》いし人《ひと》の住《す》まい、日《ひ》を経《へ》つつ荒《あ》れゆく。家《いえ》はこぼたれて淀河《よどがわ》に浮《う》かび、地《じ》は目《め》の前《まえ》に畠《はたけ》となる。人《ひと》の心《こころ》みな改《あらた》まりて、ただ馬《うま》、鞍《くら》をのみ重《おも》くす。牛《うし》、車《くるま》をようする人《ひと》なし。西南海《さいなんかい》の領所《りょうしょ》を願《ねが》いて東北《とうぼく》の庄園《しょうえん》を好《この》まず。その時《とき》、おのずから事《こと》のたよりありて、摂津《つ》の国《くに》の今《いま》の京《きょう》に至《いた》れり。所《ところ》のありさまを見《み》るに、その地《じ》、ほど狭《せば》くて、条里《じょうり》を割《わ》るに足《た》らず。北《きた》は山《やま》に沿《そ》いて高《たか》く、南《みなみ》は海近《うみちか》くて下《くだ》れり。波《なみ》の音《おと》、つねにかまびすしく、潮風《しおかぜ》ことにはげし。内裏《だいり》は山《やま》の中《なか》なれば、彼《か》の木《き》の丸殿《まろどの》もかくやと、なかなかようかわりて優《ゆう》なるかたも侍《はべ》り。日々《ひび》にこぼち、川《かわ》も狭《せ》に運《はこ》び下《くだ》す家《いえ》、いずくに造《つく》れるにかあるらん。なお空《むな》しき地《じ》は多《おお》く、造《つく》れる屋《や》は少《すく》なし。古京《こきょう》はすでに荒《あ》れて新都《しんと》はいまだ成《な》らず。ありとしある人《ひと》は、皆浮雲《みなうきぐも》の思《おも》いをなせり。もとよりこの所《ところ》におるものは、地《じ》を失《うしな》いて愁《うれ》う。今移《いまうつ》る人《ひと》は、土木《とぼく》のわずらいある事《こと》を歎《なげ》く。道《みち》のほとりを見《み》れば、車《くるま》に乗《の》るべきは馬《うま》に乗《の》り、衣冠《いかん》、布衣《ほい》なるべきは多《おお》く直垂《ひたたれ》を着《き》たり。都《みやこ》の手振《てぶ》りたちまちに改《あらた》まりて、ただひなびたる武士《もののふ》に異《こと》ならず。世《よ》の乱るる瑞相《ずいそう》とかきけるもしるく日《ひ》を経《へ》つつ、世《よ》の中浮《なかう》き立《た》ちて人《ひと》の心《こころ》もおさまらず、民《たみ》の憂《うれ》えついに空《むな》しからざりければ、同《おな》じき年《とし》の冬《ふゆ》、なおこの京《きょう》に帰《かえ》り給《たま》いにき。されど、こぼちわたせりし家《いえ》どもは、いかになりにけるにか、悉《ことごと》くもとの様《よう》にしも造《つく》らず。伝《つた》え聞《き》く、いにしえの賢《かし》き御世《みよ》には、あわれみを以《もっ》て国《くに》を治《おさ》め給《たま》う、すなわち殿《との》に茅《かや》ふきても、軒《のき》をだにととのえず、煙《けぶり》の乏《とも》しきを見給《みたま》う時《とき》は、限《かぎ》りある貢《みつ》ぎ物《もの》をさえゆるされき。是《これ》、民《たみ》を恵《めぐ》み、世《よ》を助《たす》け給《たま》うによりてなり。今《いま》の世《よ》のありさま、昔《むかし》になぞらえて知《し》りぬべし。

また養和《ようわ》のころとか、久《ひさ》しくなりて覚《おぼ》えず。二年《ふたとせ》が間《あいだ》、世《よ》の中飢渇《なかけかつ》して、あさましき事侍《ことはべ》りき。或《あるい》は春夏《はるなつ》ひでり、或《あるい》は秋《あき》、大風《おおかぜ》、洪水《こうずい》などよからぬ事《こと》どもうちつづきて、五穀《ごこく》ことごとくならず。夏植《なつう》うるいとなみありて、秋刈《あきか》り、冬収《ふゆおさ》むるぞめきはなし。これによりて国々《くにぐに》の民《たみ》、或《あるい》は地《じ》を捨《す》てて、境《さかい》を出《い》で、或《あるい》は家《いえ》を忘《わす》れて山《やま》に住《す》む。さまざまの御祈《おんいの》りはじまりて、なべてならぬ法《ほう》ども行《おこな》わるれど、さらにそのしるしなし。京《きょう》のならい、何《なに》わざにつけても、みなもとは田舎《いなか》をこそ頼《たの》めるに、たえてのぼるものなければ、さのみやは操《みさお》もつくりあえん。念《ねん》じわびつつさまざまの財物《ざいもつ》、かたはしより捨《す》つるがごとくすれども、さらに目見立《めみた》つる人《ひと》なし。たまたま換《か》うる物《もの》は、金《こがね》を軽《かろ》くし、粟《あわ》を重《おも》くす。乞食《こつじき》、路《みち》のほとりに多《おお》く、憂《うれ》え悲《かな》しむ声《こえ》、耳《みみ》に満《み》てり。前《まえ》の年《とし》、かくのごとく、かろうじて暮《く》れぬ。明《あ》くる年《とし》は、立《た》ち直《なお》るべきかと思《おも》うほどに、あまりさえ疫癘《えきれい》うちそいて、まさざまに、あとかたなし。世人《よのひと》みなけいしぬれば、日《ひ》を経《へ》つつきわまりゆくさま、少水《しょうすい》の魚《いお》のたとえにかなえり。はてには、笠《かさ》うち着《き》、足《あし》ひきつつみ、よろしき姿《すがた》したる者《もの》、ひたすらに、家《いえ》ごとに乞《こ》い歩《あり》く。かくわびしれたるものどもの、歩《あり》くかと見《み》れば、すなわち倒《たお》れ伏《ふ》しぬ。築地《ついじ》のつら、道《みち》のほとりに、飢《う》え死《し》ぬる者《もの》のたぐい、数《かず》も知《し》らず。取《と》り捨《す》つるわざも知《し》らねば、くさき香《か》、世界《せかい》に満《み》ち満《み》ちて変《か》わりゆくかたち・ありさま、目《め》もあてられぬこと多《おお》かり。いわんや、河原《かわら》などには、馬《うま》・車《くるま》の行《ゆ》き交《か》う道《みち》だになし。あやしき賤《しず》、山《やま》がつも力尽《ちからつ》きて、薪《たきぎ》さえ乏《とも》しくなりゆけば、頼《たの》む方《かた》なき人《ひと》は、みずからが家《いえ》をこぼちて、市《いち》に出《い》でて売《う》る、一人《ひとり》が持《も》ちて出《い》でたる値《あたい》、一日《ひとひ》が命《いのち》にだに及《およ》ばずとぞ。あやしき事《こと》は、薪《たきぎ》の中《なか》に、赤《あか》き丹《に》着《つ》き、箔《はく》など所々《ところどころ》に見《み》ゆる木《き》、あいまじわりけるを、たずぬれば、すべきかたなき者《もの》、古寺《ふるでら》にいたりて、仏《ほとけ》を盗《ぬす》み、堂《どう》の物《もの》の具《ぐ》を破《やぶ》り取《と》りて割《わ》り砕《くだ》けるなりけり。濁悪世《じょくあくせ》にしも生《う》まれあいて、かかる心《こころ》うきわざをなん見侍《みはべ》りし。いとあわれなる事《こと》も侍《はべ》りき。さりがたき妻《め》、おとこもちたる者《もの》は、その思《おも》いまさりて深《ふか》き者《もの》、必《かなら》ず先立《さきだ》ちて死《し》ぬ。その故《ゆえ》は、わが身《み》は次《つぎ》にして、人《ひと》をいたわしく思《おも》うあいだに、まれまれ得《え》たる食《く》い物《もの》をも彼《かれ》に譲《ゆず》るによりてなり。されば、親《おや》子《こ》ある者《もの》は定《さだ》まれる事《こと》にて、親《おや》ぞ先立《さきだ》ちける。また、母《はは》の命《いのち》尽《つ》きたるを知《し》らずして、いとけなき子《こ》の、なお乳《ち》を吸《す》いつつ、臥《ふ》せるなどもありけり。仁和寺《にんなじ》に隆暁法印《りゅうぎょうほういん》という人《ひと》、かくしつつ数《かず》も知《し》らず、死《し》ぬる事《こと》を悲《かな》しみて、その首《こうべ》の見《み》ゆるごとに額《ひたい》に阿字《あじ》を書《か》きて、縁《えん》を結《むす》ばしむるわざをなんせられける。人数《ひとかず》を知《し》らんとて、四《し》、五両月《ごりょうげつ》を数《かぞ》えたりければ、京《きょう》のうち一条《いちじょう》よりは南《みなみ》、九条《くじょう》より北《きた》、京極《きょうごく》よりは西《にし》、朱雀《しゅじゃく》よりは東《ひがし》の路《みち》のほとりなる頭《かしら》、すべて四万二千三百余《よんまんにせんさんびゃくあま》りなんありける。いわんや、その前後《ぜんご》に死《し》ぬる者多《ものおお》く、また、河原《かわら》、白河《しらかわ》、西《にし》の京《きょう》、もろもろの辺地《へんじ》などを加《くわ》えていわば、際限《さいげん》もあるべからず。いかにいわんや、七道諸国《しちどうしょこく》をや。崇徳院《すとくいん》の御位《みくらい》の時《とき》、長承《ちょうしょう》のころとか、かかるためしありけりと聞《き》けど、その世《よ》のありさまは知《し》らず。目《ま》のあたり、めずらかなりし事《こと》なり。

また、同《おな》じころかとよ。おびたたしく大地震《おおない》ふること侍《はべ》りき。そのさま、世《よ》の常《つね》ならず。山《やま》は崩《くず》れて河《かわ》を埋《うず》み、海《うみ》は傾《かたぶ》きて陸地《ろくじ》をひたせり。土裂《つちさ》けて水涌《みずわ》き出《い》で、巌割《いわおわ》れて谷《たに》にまろび入《い》る。なぎさ漕《こ》ぐ船《ふね》は波《なみ》にただよい、道行《みちゆ》く馬《うま》は足《あし》の立《た》ちどをまどわす。都《みやこ》のほとりには、在々所々《ざいざいしょしょ》、堂舎塔廟《どうしゃとうみょう》ひとつとして全《まった》からず。或《あるい》は崩《くず》れ、或《あるい》は倒《たお》れぬ。塵灰《ちりはい》たちのぼりて、盛《さか》りなる煙《けぶり》のごとし。地《じ》の動《うご》き、家《いえ》の破《やぶ》るる音《おと》、雷《いかずち》に異《こと》ならず。家《いえ》の内《うち》におれば、忽《たちま》ちにひしげなんとす。走《はし》り出《い》ずれば、地割《じわ》れ裂《さ》く。羽《はね》なければ空《そら》をも飛《と》ぶべからず、竜《りゅう》ならばや、雲《くも》にも乗《の》らん。恐《おそ》れの中《なか》に恐《おそ》るべかりけるは、ただ地震《ない》なりけりとこそ覚《おぼ》え侍《はべ》りしか。かくおびたたしく震《ふ》る事《こと》は、しばしにて止《や》みにしかども、そのなごり、しばしは絶《た》えず。世《よ》の常《つね》、おどろくほどの地震《ない》、二《に》、三十《さんじゅう》度《ど》震《ふ》らぬ日《ひ》はなし。十《と》日《お》、廿日《はつか》過《す》ぎにしかば、ようよう間遠《まどお》になりて、或《あるい》は四《し》、五度《ごど》、二《に》、三度《さんど》、もしは一日《ひとひ》まぜ、二《に》、三日《さんにち》に一度《いちど》など、おおかた、そのなごり三月《みつき》ばかりや侍《はべ》りけん。四大種《しだいしゅ》の中《なか》に、水《すい》、火《か》、風《ふう》は常《つね》に害《がい》をなせど、大地《だいじ》にいたりては、ことなる変《へん》をなさず。昔《むかし》、斉衡《さいこう》のころとか、大地震《おおない》ふりて東《とう》大寺《だいじ》の仏《ほとけ》の御首《みぐし》落《お》ちなど、いみじき事《こと》ども侍《はべ》りけれど、なお、このたびにはしかずとぞ。すなわちは人《ひと》みなあじきなき事《こと》をのべて、いささか心《こころ》の濁《にご》りもうすらぐと見《み》えしかど、月日《つきひ》重《かさ》なり、年《とし》経《へ》にし後《のち》は、ことばにかけて言《い》い出《い》ずる人《ひと》だになし。

すべて、世《よ》の中《なか》のありにくく、わが身《み》と栖《すみか》との、はかなくあだなるさま、また、かくのごとし。いわんや、所《ところ》により、身《み》のほどにしたがいつつ心《こころ》をなやます事《こと》は、あげて計《かぞ》うべからず。もしおのれが身《み》、数《かず》ならずして、権門《けんもん》のかたわらにおる者《もの》は、深《ふか》くよろこぶ事《こと》あれども、大《おお》きに楽《たの》しむにあたわず。歎《なげ》き切《せち》なる時《とき》も、声《こえ》をあげて泣《な》く事《こと》なし。進退《しんだい》やすからず。立《た》ち居《い》につけて、おそれおののくさま、たとえば雀《すずめ》の鷹《たか》の巣《す》に近《ちか》づけるがごとし。もし、貧《まず》しくして、富《と》める家《いえ》の隣《となり》におる者《もの》は、朝夕《あさゆう》、すぼき姿《すがた》を恥《は》じて、へつらいつつ出《い》で入《い》る。妻子《さいし》・僮僕《とうぼく》のうらやめるさまを見《み》るにも、福家《ふくか》の人《ひと》のないがしろなるけしきを聞《き》くにも、心念々《こころねんねん》に動《うご》きて、時《とき》として安《やす》からず。もし、狭《せば》き地《じ》におれば、近《ちか》く炎上《えんしょう》ある時《とき》、その災《さい》をのがるる事《こと》なし。もし辺地《へんじ》にあれば、往反《おうばん》わずらい多《おお》く、盗賊《とうぞく》の難《なん》はなはだし。また、いきおいある者《もの》は貪欲《とんよく》ふかく、独身《どくしん》なる者《もの》は、人《ひと》に軽《かろ》めらる。財《ざい》あればおそれ多《おお》く、貧《まず》しければ恨《うら》み切《せち》なり。人《ひと》を頼《たの》めば、身《み》、他《た》の有《う》なり。人《ひと》をはぐくめば、心《こころ》、恩愛《おんあい》につかわる。世《よ》に従《したが》えば、身《み》、苦《くる》し。従《したが》わねば、狂《きょう》せるに似《に》たり。いずれの所《ところ》を占《し》めて、いかなるわざをしてか、しばしもこの身《み》を宿《やど》し、たまゆらも心《こころ》を休《やす》むべき。

わが身《み》、父方《ちちかた》の祖母《おおば》の家《いえ》を伝《つた》えて、久《ひさ》しくかの所《ところ》に住《す》む。その後《のち》、縁《えん》かけて、身《み》おとろえ、しのぶかたがたしげかりしかど、ついに屋《や》とどむる事《こと》をえず。三十《みそじ》あまりにして、更《さら》にわが心《こころ》と一《ひと》つの庵《いおり》をむすぶ。これをありし住《す》まいにならぶるに、十分《じゅうぶん》が一《いち》なり。居屋《いや》ばかりをかまえてはかばかしく屋《や》を造《つく》るに及《およ》ばず。わずかに築地《ついじ》を築《つ》けりといえども、門《かど》を建《た》つるたづきなし。竹《たけ》を柱《はしら》として、車《くるま》を宿《やど》せり。雪降《ゆきふ》り、風吹《かぜふ》くごとにあやうからずしもあらず。所《ところ》、河原近《かわらちか》ければ、水難《すいなん》も深《ふか》く、白波《しらなみ》のおそれもさわがし。すべて、あられぬ世《よ》を念《ねん》じ過《す》ぐしつつ、心《こころ》を悩《なや》ませる事《こと》、三十余年《さんじゅうよねん》なり。その間《あいだ》、おりおりのたがいめ、おのずから、短《みじか》き運《うん》をさとりぬ。すなわち五十《いそじ》の春《はる》を迎《むか》えて、家《いえ》を出《いで》て、世《よ》を背《そむ》けり。もとより妻子《さいし》なければ捨《す》てがたきよすがもなし。身《み》に官禄《かんろく》あらず。何《なに》に付《つ》けてか執《しゅう》を留《とど》めん。むなしく大原山《おおはらやま》の雲《くも》に臥《ふ》して、また、五《いつ》かえりの春秋《しゅんしゅう》をなん経《へ》にける。

ここに、六十《むそじ》の露《つゆ》消《き》えがたに及《およ》びて、更《さら》に末葉《すえば》の宿《やど》りを結《むす》べる事《こと》あり。いわば、旅人《たびびと》の一夜《ひとよ》の宿《やどり》を造《つく》り、老《お》いたる蚕《かいこ》の繭《まゆ》を営《いとな》むがごとし。これを、なかごろの栖《すみか》にならぶれば、また百分《ひゃくぶん》が一《いち》に及《およ》ばず。とかくいうほどに、齢《よわい》は歳々《としどし》にたかく、栖《すみか》は折々《おりおり》に狭《せば》し。その家《いえ》のありさま、世《よ》の常《つね》にもにず、広《ひろ》さはわずかに方丈《ほうじょう》、高《たか》さは七尺《しちしゃく》がうちなり。所《ところ》を思《おも》い定《さだ》めざるがゆえに、地《じ》を占《し》めて造《つく》らず。土居《つちい》を組《く》み、うちおおいを葺《ふ》きて、継《つ》ぎ目《め》ごとにかけがねを掛《か》けたり。もし、心《こころ》にかなわぬ事《こと》あらば、やすく他《ほか》へ移《うつ》さんがためなり。その、改《あらた》め造《つく》る事《こと》、いくばくの煩《わずら》いかある。積《つ》むところわずかに二両《にりょう》。車《くるま》の力《ちから》を報《むく》うほかには、さらに他《た》の用途《ようどう》いらず。

いま、日野山《ひのやま》の奥《おく》に跡《あと》を隠《かく》して後《のち》、東《ひがし》に三尺余《さんじゃくあま》りの庇《ひさし》をさして、柴折《しばお》りくぶるよすがとす。南《みなみ》、竹《たけ》のすのこを敷《し》き、その西《にし》に閼伽棚《あかだな》をつくり、北《きた》によせて、障子《しょうじ》をへだてて阿弥陀《あみだ》の絵像《えぞう》を安置《あんじ》し、そばに普賢《ふげん》をかき、前《まえ》に法花経《ほけきょう》を置《お》けり。東《ひがし》のきわに蕨《わらび》のほどろを敷《し》きて、夜《よる》の床《ゆか》とす。西《せい》南《なん》に竹《たけ》の吊棚《つりだな》をかまえて黒《くろ》き皮籠《かわご》三合《さんごう》を置《お》けり。すなわち和哥《わか》・竿弦《かんげん》・往生要集《おうじょうようしゅう》ごときの抄物《しょうもつ》を入《い》れたり。かたわらに、琴《こと》・琵琶《びわ》おのおの一張《ひとはり》をたつ。いわゆる折琴《おりごと》・継琵琶《つぎびわ》これなり。仮《かり》の庵《いおり》のありよう、かくのごとし。

その所《ところ》のさまをいわば、南《みなみ》に懸樋《かけひ》あり。岩《いわ》を立《た》てて、水《みず》をためたり。林《はやし》の木《き》、近《ちか》ければ、爪木《つまぎ》を拾《ひろ》うに乏《とも》しからず。名《な》を音羽山《おとわやま》という。まさきのかずら、あとうずめり。谷《たに》しげけれど、西晴《にしは》れたり。観念《かんねん》のたより、なきにしもあらず。

春《はる》は藤波《ふじなみ》を見《み》る。紫雲《しうん》のごとくして西方《さいほう》ににおう。夏《なつ》は郭公《ほととぎす》を聞《き》く。語《かた》らうごとに、死出《しで》の山路《やまじ》をちぎる。秋《あき》はひぐらしの声《こえ》、耳《みみ》に満《み》てり。うつせみの世《よ》をかなしむかと聞《き》こゆ。冬《ふゆ》は雪《ゆき》をあわれぶ。積《つ》もり消《き》ゆるさま、罪障《ざいしょう》にたとえつべし。

もし、念仏《ねんぶつ》ものうく、読経《どきょう》まめならぬ時《とき》は、みずから休《やす》み、みずからおこたる。さまたぐる人《ひと》もなく、また、恥《は》ずべき人《ひと》もなし。ことさらに、無言《むごん》をせざれども、独《ひと》りおれば、口業《くごう》を修《おさ》めつべし。必《かなら》ず禁戒《きんかい》を守《まも》るとしもなくとも、境界《きょうがい》なければ何《なに》につけてか破《やぶ》らん。もし、跡《あと》の白波《しらなみ》に、この身《み》を寄《よ》する朝《あした》には、岡《おか》の屋《や》に行《ゆ》きかう船《ふね》をながめて、満沙弥《まんしゃみ》が風情《ふぜい》をぬすみ、もし、桂《かつら》の風《かぜ》、葉《は》を鳴《な》らす夕《ゆうべ》には、尋陽《じんよう》の江《え》を思《おも》いやりて、源都督《げんとどく》の行《おこな》いをならう。もし、余興《よきょう》あれば、しばしば松《まつ》の響《ひび》きに秋風楽《しゅうふうらく》をたぐえ、水《みず》の音《おと》に流泉《りゅうせん》の曲《きょく》をあやつる。芸《げい》はこれつたなけれども、人《ひと》の耳《みみ》をよろこばしめんとにはあらず。ひとり調《しら》べ、ひとり詠《えい》じて、みずから情《こころ》を養《やしな》うばかりなり。

また、ふもとに一《ひと》つの柴《しば》の庵《いおり》あり。すなわち、この山守《やまもり》がおる所《ところ》なり。

かしこに小童《こわらわ》あり。ときどき来《きた》りて、あいとぶらう。もし、つれづれなる時《とき》は、これを友《とも》として、遊行《ゆぎょう》す。彼《かれ》は十歳《じっさい》、これは六十《むそじ》。その齢《よわい》、ことのほかなれど、心《こころ》をなぐさむること、これ同《おな》じ。或《あるい》は茅花《つばな》を抜《ぬ》き、岩梨《いわなし》を取《と》り、零余子《ぬかご》をもり、芹《せり》をつむ。或《あるい》はすそわの田居《たい》にいたりて、落穂《おちぼ》を拾《ひろ》いて穂組《ほぐみ》をつくる。もし、うららかなれば、峰《みね》によじのぼりて、はるかにふるさとの空《そら》をのぞみ、木幡山《こはたやま》・伏見《ふしみ》の里《さと》・鳥羽《とば》・羽束師《はづかし》を見《み》る。勝地《しょうち》は主《ぬし》なければ、心《こころ》をなぐさむるにさわりなし。歩《あゆ》み煩《わずら》いなく、心遠《こころとお》くいたるときは、これより峰《みね》つづき、炭山《すみやま》を越《こ》え、笠取《かさとり》を過《す》ぎて、或《あるい》は石間《いわま》に詣《もう》で、或《あるい》は石山《いしやま》をおがむ。もしはまた、粟津《あわづ》の原《はら》を分《わ》けつつ、蝉歌《せみうた》の翁《おきな》が跡《あと》をとぶらい、田上河《たなかみがわ》をわたりて猿丸大夫《さるまろもうちぎみ》が墓《はか》をたずぬ。かえるさには、折《おり》につけつつ、桜《さくら》を狩《か》り、紅葉《もみじ》をもとめ、蕨《わらび》を折《お》り、木《こ》の実《み》を拾《ひろ》いて、かつは仏《ほとけ》にたてまつり、かつは家《いえ》づととす。もし、夜静《よしず》かなれば窓《まど》の月《つき》に故人《こじん》をしのび、猿《さる》の声《こえ》に袖《そで》をうるおす。くさむらの蛍《ほたる》は、遠《とお》く槇《まき》のかがり火《び》にまがい、暁《あかつき》の雨《あめ》はおのずから木《こ》の葉《は》吹《ふ》く嵐《あらし》に似《に》たり。山鳥《やまどり》のほろと鳴《な》くを聞《き》きても、父《ちち》か母《はは》かと疑《うたが》い、峰《みね》の鹿《かせぎ》の近《ちか》くなれたるにつけても、世《よ》に遠《とお》ざかるほどを知《し》る。或《あるい》はまた、うずみ火《び》をかきおこして、老《お》いの寝覚《ねざ》めの友《とも》とす。おそろしき山《やま》ならねば、ふくろうの声《こえ》をあわれむにつけても、山中《さんちゅう》の景気《けいき》、折《おり》につけて、つくることなし。いわんや、深《ふか》く思《おも》い、深《ふか》く知《し》らん人《ひと》のためには、これにしも限《かぎ》るべからず。

おおかた、この所《ところ》に住《す》みはじめし時《とき》は、あからさまと思《おも》いしかども、今《いま》すでに五年《いつとせ》を経《へ》たり。仮《かり》の庵《いおり》も、ややふるさととなりて、軒《のき》に朽葉《くちば》深《ふか》く、土居《つちい》に苔《こけ》むせり。おのずから、ことのたよりに都《みやこ》を聞《き》けば、この山《やま》にこもりいて後《のち》、やんごとなき人《ひと》のかくれ給《たま》えるも、あまた聞《き》こゆ。まして、その数《かず》ならぬたぐい、尽《つ》くしてこれを知《し》るべからず。たびたび炎《えん》上《しょう》にほろびたる家《いえ》、また、いくそばくぞ。ただ、仮《かり》の庵《いおり》のみのどけくして、おそれなし。ほど狭《せば》しといえども、夜臥《よるふ》す床《ゆか》あり、昼《ひる》いる座《ざ》あり。一身《いっしん》を宿《やど》すに不足《ふそく》なし。寄居《かむな》は小《ちい》さき貝《かい》を好《この》む。これ、事知《ことし》れるによりてなり。みさごは荒磯《あらいそ》にいる。すなわち人《ひと》をおそるるがゆえなり。われまた、かくのごとし。事《こと》を知《し》り、世《よ》を知《し》れれば、願《ねが》わず、わしらず。ただ、静《しず》かなるを望《のぞ》みとし、憂《うれ》え無《な》きを楽《たの》しみとす。

惣《すべ》て、世《よ》の人《ひと》の栖《すみか》をつくるならい、必《かなら》ずしも、事《こと》のためにせず。或《あるい》は妻子《さいし》・眷属《けんぞく》のためにつくり、或《あるい》は親昵《しんじつ》・朋友《ほうゆう》の為《ため》につくる。或《あるい》は主君《しゅくん》・師匠《ししょう》および財宝《ざいほう》・牛馬《ぎゅうば》の為《ため》にさえ、これをつくる。われ今《いま》、身《み》のためにむすべり。人《ひと》のためにつくらず。ゆえいかんとなれば、今《いま》の世《よ》のならい、この身《み》のありさま、ともなうべき人《ひと》もなく、頼《たの》むべき奴《やっこ》もなし。たとい広《ひろ》くつくれりとも、誰《たれ》を宿《やど》し、誰《たれ》をかすえん。

それ、人《ひと》の友《とも》とあるものは、富《と》めるをとうとみ、ねんごろなるを先《さき》とす。必《かなら》ずしも、なさけあると、すなおなるとをば愛《あい》せず。ただ、糸竹《しちく》・花月《かげつ》をともとせんにはしかじ。人《ひと》の奴《やっこ》たるものは賞罰《しょうばつ》はなはだしく、恩《おん》顧《こ》あつきを先《さき》とす。更《さら》に、はぐくみあわれむと、やすくしずかなるとばねがわず。ただ、わが身《み》を奴婢《ぬび》とするにはしかず。いかが奴婢《ぬび》とするとならば、もし、なすべき事《こと》あれば、すなわちおのが身《み》を使《つか》う。たゆからずしもあらねど、人《ひと》をしたがえ人《ひと》をかえりみるよりやすし。もし、歩《あり》くべき事《こと》あれば、みずから歩《あゆ》む。苦《くる》しといえども、馬《うま》・鞍《くら》・牛《うし》・車《くるま》と、心《こころ》を悩《なや》ますにはしかず。今《いま》、一身《いっしん》をわかちて、二《ふた》つの用《よう》をなす。手《て》のやっこ、足《あし》の乗《の》り物《もの》、よくわが心《こころ》にかなえり。身《み》、心《こころ》の苦《くる》しみを知《し》れれば、苦《くる》しむ時《とき》は休《やす》めつ、まめなれば使《つか》う。使《つか》うとても、たびたび過《す》ぐさず。物憂《ものう》しとても、心《こころ》を動《うご》かす事《こと》なし。いかにいわんや、常《つね》に歩《あり》き、常《つね》に働《はたら》くは、養性《ようじょう》なるべし。なんぞ、いたずらに休《やす》みおらん。人《ひと》を悩《なや》ます、罪《ざい》業《ごう》なり。いかが、他《た》の力《ちから》を借《か》るべき。衣食《えじき》のたぐい、また同《おな》じ。藤《ふじ》の衣《ころも》、麻《あさ》のふすま、得《う》るにしたがいて肌《はだえ》をかくし、野辺《のべ》のおはぎ、峰《みね》の木《こ》の実《み》、わずかに命《いのち》をつぐばかりなり。人《ひと》に交《まじ》わらざれば、姿《すがた》をはずる悔《く》いもなし。糧乏《かてとも》しければ、おろそかなる報《ほう》をあまくす。惣《すべ》て、かようの楽《たの》しみ、富《と》める人《ひと》に対《たい》して、言《い》うにはあらず。只《ただ》、わが身《み》ひとつにとりて、昔《むかし》・今《いま》とをなぞらうるばかりなり。

それ、三界《さんがい》は、ただ心《こころ》ひとつなり。心《こころ》、もしやすからずは、象馬《ぞうめ》・七《しっ》珍《ちん》もよしなく、宮殿《くうでん》・楼閣《ろうかく》ものぞみなし。

今《いま》、さびしき住《す》まい、一間《ひとま》の庵《いおり》、みずからこれを愛《あい》す。おのずから都《みやこ》に出《い》でて、身《み》の乞匃《こつがい》となれる事《こと》を恥《は》ずといえども、帰《かえ》りてここにおる時《とき》は、他《た》の俗塵《ぞくじん》に馳《は》する事《こと》をあわれむ。もし、人《ひと》、この言《い》える事《こと》を疑《うたが》わば、魚《いお》と鳥《とり》とのありさまを見《み》よ。魚《いお》は水《みず》にあかず。魚《いお》にあらざれば、その心《こころ》を知《し》らず。鳥《とり》は林《はやし》をねがう。鳥《とり》にあらざればその心《こころ》を知《し》らず。閑居《かんきょ》の気《き》味《び》も、また同《おな》じ。住《す》まずして誰《たれ》かさとらん。

そもそも、一期《いちご》の月影《つきかげ》かたぶきて、余算《よさん》の山《やま》の端《は》に近《ちか》し。たちまちに三途《さんず》の闇《やみ》に向《む》かわんとす。何《なに》のわざをかかこたんとする。仏《ほとけ》の教《おし》え給《たま》うおもむきは、事《こと》にふれて、執心《しゅうしん》なかれとなり。今《いま》、草庵《そうあん》を愛《あい》するも閑寂《かんせき》に着《じゃく》するも、さばかりなるべし。いかが、要《よう》なき楽《たの》しみをのべて、あたら時《とき》を過《す》ぐさん。静《しず》かなる暁《あかつき》、このことわりを思《おも》いつづけて、みずから心《こころ》に問《と》いていわく、世《よ》をのがれて山林《さんりん》にまじわるは、心《こころ》をおさめて道《みち》をおこなわんとなり。しかるを汝《なんじ》、すがたは聖人《ひじり》にて、心《こころ》は濁《にご》りに染《し》めり。栖《すみか》はすなわち、浄名居士《じょうみょうこじ》のあとをけがせりといえども、たもつところは、わずかに周利槃特《しゅりはんどく》が行《おこない》にだにおよばず。もしこれ、貧賤《ひんせん》の報《ほう》のみずから悩《なや》ますか。はたまた、妄心《もうじん》のいたりて、狂《きょう》せるか。そのとき、心更《こころさら》にこたうる事《こと》なし。只《ただ》、かたわらに舌根《ぜっこん》をやといて、不請阿弥陀仏《ふしょうあみだぶつ》、両三遍《りょうさんべん》申《もう》してやみぬ。時《とき》に、建暦《けんりゃく》の二年《ふたとせ》、弥生《やよい》のつごもりごろ、桑門《そうもん》の蓮胤《れんいん》、外山《とやま》の庵《いおり》にして、これをしるす。

【カラー写真】

◆巻頭グラビア

富山県　舟川べりの桜

栃木県　竜頭の滝

栃木県　日光　湯の湖

青森県　鶴の舞橋

北海道　霧が立ち込める十勝川と白鳥の群れ

p.25　高知県　菜の花と四万十川

p.37　京都府　嵐山の屋形船

p.67　岩手県　大船渡市　気仙柿と猫

p.77　長野県　霧の上高地　大正池と穂高連峰

写真提供：アフロ。

121～138ページは、著者撮影

【主な参考文献】

鴨長明(著)、浅見和彦(校訂･訳)『方丈記』筑摩書房、2011年

小内一明(校注)『大福光寺本 方丈記』新典社、1976年

五味文彦『鴨長明伝』山川出版社、2013年

安良岡康作『方丈記』講談社、1980年

簗瀬一雄『方丈記全注釈』角川書店、1971年

歴史と文学の会(編)『新視点･徹底追跡　方丈記と鴨長明』勉誠出版、2012年

〈イラスト〉

黒澤　葵（くろさわ　あおい）

平成元年、兵庫県生まれ。
筑波大学芸術専門学群卒業。日本画専攻。
好きな漢詩は「勧酒」。お酒はまったく飲めない。
季節の移り変わりを楽しみながら
イラスト・マンガ制作をする日々。

原文は、大福光寺本を基にし、諸本を参考にして一部補訂しました。漢字や句読点、仮名遣いなどは、読みやすいように改めました。

〈著者略歴〉

木村 耕一（きむら　こういち）

昭和34年、富山県生まれ。
富山大学人文学部中退。
東京都在住。
エッセイスト。
著書
　新装版『親のこころ』、『親のこころ２』、『親のこころ３』
　新装版『こころの道』、新装版『こころの朝』
　新装版『思いやりのこころ』
　『人生の先達に学ぶ　まっすぐな生き方』
　『こころ彩る徒然草』、『こころきらきら枕草子』
　『美しき鐘の声　平家物語』１～３など。
監修・原作
　『マンガ 歴史人物に学ぶ
　　大人になるまでに身につけたい大切な心』１～５

こころに響く方丈記
鴨長明さんの弾き語り

平成30年(2018) ３月12日　第１刷発行
令和３年(2021) 12月８日　第８刷発行

著　者　木村　耕一

発行所　株式会社 １万年堂出版
　　〒101-0052　東京都千代田区神田小川町2-4-20-5F
　　電話　03-3518-2126
　　FAX　03-3518-2127
　　https://www.10000nen.com/

装幀・デザイン　遠藤 和美

印刷所　凸版印刷株式会社

©Koichi Kimura 2018, Printed in Japan　ISBN978-4-86626-033-4 C0095
乱丁、落丁本は、ご面倒ですが、小社宛にお送りください。送料小社負担にて
お取り替えいたします。定価はカバーに表示してあります。

意訳で楽しむ古典シリーズ

兼好さんと、お茶をいっぷく

こころ彩る徒然草《つれづれぐさ》

木村耕一 著

存命の喜び、日々に楽しまざらんや（九三段）

（今、生きている。この喜びを、日々、楽しもう）

悪口を言われたら「悔しい」「恥ずかしい」と思いますが、言った人も、聞いた人も、すぐに死んでいきますから、気にしなくてもいいのです。（三八段）

イラスト 黒澤葵

人気の古典『徒然草』から、元気を与えてくれるメッセージを選び、分かりやすく意訳しました。笑ったり、感心したり、驚いたり、新たな発見が続出！　もっと明るく、もっと楽しく生きるヒントが得られます。

（主な内容）

- 心を磨いて、すてきな人を目指しましょう（一段）
- もうこれ以上、世間のつきあいに、振り回されたくない（一一二段）
- こんなことで、怒っても、しかたないでしょう（四五段）
- みんなと一緒にいるのに、なぜ、「独りぼっちだな」と感じるのか（一二段）
- とにもかくにも、ウソの多い世の中です（七三段）
- ああ……、男は、なんて愚かなのでしょう（八段）

◀こちらから試し読みができます

◎定価1,650円（本体1,500円＋税10%）　四六判 上製　232ページ　ISBN978-4-86626-027-3　オールカラー

意訳で楽しむ古典シリーズ

笑って恋して清少納言

こころきらきら枕草子

まくらのそうし

木村耕一 著

春は、あけぼの。
ようよう
白くなりゆく山際……。

イラスト 黒澤葵

読者から感動の声

秋田県 34歳・女性

清少納言の素晴らしい生き方が、私の心を癒やしてくれました。心の持ち方一つで、人生は、あんなにもキラキラさせることができるんだ！と教えられました。

（主な内容）

- 心きらめく日本の四季。
  本当の美しさに、
  気づいていますか？
- 人間なんて、心変わりすると、
  全く別人になるんですよ
- どんどん過ぎていくもの。
  追い風を受けた帆かけ船。
  人の年齢。
  春、夏、秋、冬。
- 嫌なことが多いですよね。
  こんなこと感じるのは、
  私だけかな

根も葉もないウワサに、
尾びれ背びれをつけて、
非難するのが世間。
クヨクヨしても
始まらないですよ

こちらから
試し読みができます

◎定価1,650円（本体1,500円＋税10%） 四六判 上製　244ページ　ISBN978-4-86626-035-8　オールカラー

意訳で楽しむ古典シリーズ

美しき鐘の声

平家物語【全3巻】

木村耕一 著　イラスト 黒澤葵

祇園精舎の鐘の声、
諸行無常の響きあり

各巻サブタイトル
一 諸行無常の響きあり
二 春の夜の夢のごとし
三 風の前の塵に同じ

読者から感動の声

埼玉県 69歳・男性
なんと分かりやすい感情のこもった意訳なんでしょうか。古文の教科書などではわからない『平家物語』の真髄に触れた思いがします。

愛知県 13歳・男子
親子の絆や夫婦がお互いを思う気持ち、主従の絆などが、すごく伝わってきました。

栃木県 40歳・男性
一気に読んでしまいました。
幸せを手に入れる選択の間違いや、運命に振り回され滅びの道を歩む人々のエピソード。最後の戦いに敗北し、自ら死を選ぶ平家の人々の悲しい最期。そして戦いが終わっても、身内で争う人間の業……。
すごすぎます。人間が生きていくかぎり、同じことを、今も繰り返していることに気づき、自分自身の生き方を考えるきっかけを与えてくれた、すばらしい本です。

▲
こちらから試し読みができます

◎定価各1,760円
（本体各1,600円＋税10％）

(一) ISBN978-4-86626-040-2
(二) ISBN978-4-86626-047-1
(三) ISBN978-4-86626-048-8

オールカラー　四六判 上製

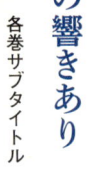

意訳で楽しむ古典シリーズ

無人島に、1冊もっていくなら『歎異抄』

歎異抄《たんにしょう》をひらく

高森顕徹 著

善人なおもって往生を遂ぐ、いわんや悪人をや（第三章）

（善人でさえ浄土へ生まれることができる、ましてや悪人は、なおさらだ）

『歎異抄』は、生きる勇気、心の癒やしを、日本人に与え続けてきた古典です。リズミカルな名文に秘められた魅力を、分かりやすい意訳と解説でひらいていきます。

読者から感動の声

東京都　70歳・男性

もう何十年も前に、「無人島に一冊だけ本を持っていくなら『歎異抄』だ」という司馬遼太郎の言にふれて、人生、ある時期に達したら『歎異抄』を読みたいと、ずっと思っていました。

私のあこがれの書でした。じっくり読み返したい。

山梨県　54歳・女性

人生に迷いがあり、知人が亡くなっていく姿に悲しさを感じていた時に、この本と出会いました。私に残されている時間の使い方にヒントを頂きました。明るい方向に向かって生きていきたい。

こちらから試し読みができます

◎定価1,760円（本体1,600円＋税10%）四六判 上製 360ページ　ISBN978-4-925253-30-7

オールカラー

なぜ生きる

高森顕徹 監修

明橋大二（精神科医）
伊藤健太郎（哲学者）
著

こんな毎日のくり返しに、どんな意味があるのだろう？

試し読みは◀こちら

◎定価1,650円
（本体 1,500円＋税10%）
四六判 上製 372ページ
ISBN978-4-925253-01-7

生きる目的がハッキリすれば、勉強も仕事も健康管理もこのためだ、とすべての行為が意味を持ち、心から充実した人生になるでしょう。病気がつらくても、人間関係に落ち込んでも、競争に敗れても、「大目的を果たすため、乗り越えなければ！」と〝生きる力〟が湧いてくるのです。（本文より）

新潟県　52歳・女性

人生半ばを過ぎて、子供も成長し、いざ自分のことを考えると、これから先、何を目標にしてゆけばと、不安とむなしさだけが残ります。この本は、まさに、私が迷っていた道を切り開いてくれました。

山口県　62歳・男性

定年退職して二年余りが過ぎたある日、ふと自問したのであります。自分は何のために生きているのか？自分の人生に自信をなくしていた時、この本を購入しました。一回、二回と読んでいると、心も穏やかになりました。これからの人生に役立つと、確信しております。

このコーナーで紹介する書籍は、**お近くの書店でお求めください。**書店にない場合、また、ご自宅へのお届けを希望される方は、下記へお電話ください。

フリーコール **0120-975-732**（通話無料）

1万年堂出版注文センター　平日・午前9時から午後6時　土曜・午前9時から12時